JN283514
ツンマゾ！
ツンなお嬢様は、実はM
葉原 鉄
illustration ©あきら
えすかれ
美少女文庫
FRANCE SHOIN

鷲尾真子という少女

鷲尾真子《わしおまこ》という少女も最初から「お姫さま」だったわけではない。

外見は美少女と呼ぶにふさわしい代物なので、想いを寄せる男子も数多くいたが、それでも他の女子生徒と同じようなごく普通の女の子にしかすぎなかった。少なくとも、かつての北野健児《きたのけんじ》にとっては。

彼女が彼女だけの輝きを放ちだしたのはゴールデンウィークの直後、気だるい空気と眠たげなあくびが校舎に蔓延していた頃のことだ。

昼休みの教室に怒声が轟《とどろ》き、つづいて平手打ちの音がした。クラスの視線がいっせいにそちらへ向かい、そしてすぐに離れていく。

痴話喧嘩だった。それも不良男子と地味な女子、前者が一方的に怒鳴り散らしてビンタを食らわせるという有様で、もとからクラスでも目立たなかったおとなしい女子は涙目でしゃくりあげることしかできない。不良男子は体格が大きくって顔立ちもいかつい。クラス最強の武闘派である菱沼《ひしぬま》が風邪で欠席となれば、好んで仲裁するような輩《やから》はふたりを除いていなかった。

北野健児が口を挟もうとしたのは、「カップルってものはラブラブじゃなきゃいかんだろう」という夢見がちな信念に基づいてのことである。

ケンカになったら絶対に負けるだろうし、痛い目に遭ったら泣いてしまうかもしれないが、彼女いない歴＝《イコール》今までの人生である健児は自分の抱いた恋愛幻想を守るため、腹をくくって声をかけようとした。

だが頼りないセリフを吐く前に、健児は彼女の姿を見てしまった。

女子を庇うように不良の前に立ちはだかる、背丈の低い彼女の姿を。

「殴るなら私を殴りなさいよ」

鷲尾真子は切れあがった目つきで、自分より二十センチ以上は背の高い相手を睨みつけた。健児と違って臆する気配もない。

気高い少女なのだと健児は思った。何者にも譲ることのない高潔な精神が眼差しに表れている。身長のわりにはよく育った胸と同じく、肝っ玉も大きいのだろう。

揺るぎない視線を真っ向から受けて、不良男子もたじろいだ。と言うより、醒めたと言うべきか。怒りに上気していた顔が白くなっていく。

「いや、殴ったりは……ああ、でもゴメン、鶴城《つるぎ》、ほんとゴメン」

顔の前で合掌して恋人にヘコヘコと頭をさげる。なにが原因で喧嘩をしていたのかはわからないが、そこまで横暴な男でもなかったらしい。

「……もうやだ、別れる」

「ゴ、ゴメン！　マジごめんなさい！　別れるとか許してくれよ！」

「別れる！　出てけ！　おまえなんか恋人じゃない！　バーカバーカ！」

恋人に蹴りだされて自分のクラスに戻っていく不良の涙目は少し哀れであったが、睦《むつ》み合うべき相手に暴力を振るった以上は自業自得だ。

（俺は絶対に、恋人に手なんかあげないぞ）

心に固く誓い、すすり泣く少女を慰める真子をチラチラと見やった。

「鶴城さん、だいじょうぶ？」

「うん、平気。それより鷲尾さん、悪い男には騙されちゃダメだからね。鷲尾さんはちっちゃいんだから、男たちに隙なんか見せたら大変なことになっちゃうよ」

苦笑いをする真子の横顔が大人びて見えて、健児は胸にときめきを覚えた。

以来、彼女は健児にとって気になる女の子になったが、とくに接触できる機会もなく半年以上の時が流れ、遠目に見守ることにも慣れてきた頃——


ふたりの関係に大きな転機が訪れたのである。

ツンマゾ1　バージンレイプしてもいいんだからねッ！

下校途中に後ろから頸動脈《けいどうみゃく》に精妙な一撃を受けて失神。

視界が暗転し、意識の断絶から立ちかえったとき、目の前にパンツがあった。

白と水色の横縞模様が顔から一メートル付近に浮かんでいるのだ。

意味がわからない。突然すぎてちょっと混乱する。北野健児はごくごく一般的な学生なので、判断力も格別に優れているわけではない。

「えーと」

父の隆憲《たかのり》いわく。不測の事態は舞台演出だと思って、冷静な自分を演じればいい。外面から少しずつ冷静さを染みこませていくのだ。

「OK、俺はクールだ。パンツぐらいじゃ動揺しない」

「起きたわね」

うわ、パンツが喋った。

違う、パンツは喋らない。

健児は今、あお向けに寝そべっている。頭の近くにスカートを穿いた女性が立っていて、話しかけてきた。ただそれだけのことだ。実にクールな判断に自分のことながら惚れ惚れする。

整理してみよう。だれかに気絶させられ、気がついたら女の子が近くに立っていた。パンツ丸見えの位置で。

つまり、そのパンツが自分を気絶させた。

違う、落ち着け。心に必死で呼びかける。

「えーと……ここどこだ」

ふわふわの手触りの床を支えた上半身を起こし、淡紅色のカーペットの上に立ちあがった。

余裕を持って調度が並べられた部屋で、ゆったりと十畳ほどもスペースが余っているように見えた。物心ついたころから六畳間を私室にあてがわれてきた健児としては、その広さに不安すら感じてしまう。

パンツの穿き主は広い部屋の中心に腕組みで立ち、不機嫌そうに眉根をしかめていた。ふたつの眼はキツめに吊りあがってこそいるものの、柔らかな輪郭の内側で大きく愛らしく輝いている。

要するに、童顔なのだ。剣呑さを秘めてなおため息が出るほど可憐に、そして上品に整った造作には、健児も見覚えがある。

「そろそろ落ち着いた？」

女の子らしい高い声に、凜《りん》とした覇気。いつも通りの彼女の声だ。

中背の健児が見下ろせるぐらい低めの身長や、触れば折れてしまいそうな細い腕も、細いわりに皮下脂肪の柔らかみを感じさせるおいしそうな脚も、緩やかにカーブした背骨のラインを如実に反映する薄い背中も——それらから栄養源を奪ったかのようにたっぷり実った柔胸だって、健児は見覚えがある。

（いつ見ても大きいなぁ……Dカップぐらいは余裕でありそうだな）

彼女の着ているウェスト丈のボレロも下からぐっと押しあげられ、胸の下に魅惑的な隙間を空けている。彼女の豊かな乳房のためにオーダーメイドされた衣装のようにも見えるが、目に鮮やかな赤色のボレロとプリーツスカートは紛れもなく健児の学校で指定されている女子用の制服に相違ない。

そこにモノクロストライプのオーバーニーソックスを加え、きつね色の髪をチョコレート色のリボンで左右にくくっているあたり、自分の背の低さや顔立ちの幼さを理解したうえで、確信的に長所を伸ばそうとしているのだろう。

自分の資質を見誤ることのない完全無欠のファッションセンス。しっくりハマりすぎていて嫌味にならない。

悔しいほどの美少女である。見間違えようもなければ忘れようもない。

彼女はクラスメイトの鷲尾真子だ。

「なんとか目は醒めたみたいね」

「うん……ここは、鷲尾さんの部屋？　俺、なんでこんなところに」

彼女ならこの広い部屋で寝起きしていても違和感がない。鷲尾家の住まいが《サザンクロス》の異名で知られるちょっとした豪邸だということは、クラスメイトのひとりとして健児も小耳に挟んでいる。なんでも市の最南端であることに加え、ふたつの棟が十字に交差した風変わりな建築様式からそう呼ばれているらしい。

「ちょっとね、うちの召使い的な存在に頼んで連れてこさせたの」

つまりは、お嬢様育ちらしいのだ。この鷲尾真子という女の子は。

壁掛けの時計を見ると、十八時を少し過ぎたところを示している。気絶してから時間もさして経っていないと考えていいだろう。

「よっぽど急な用事？　召使いに頸動脈を叩かせて、俺を運ばせるなんて」

「私だって武力行使は指示してないわよ。手っとり早く連れてきてって言っただけで」

ひでぇと思ったが、悪びれるどころか一方的に責めるような目つきの真子を見ていると、本当に自分だけが悪者のような気がしてくる。こめかみに向けて切れあがった目尻は、まるで喉もとに突きつけられたカミソリのように鋭い。

「それもこれも、全部ぜんぶアナタのせいだからね、北野くん」

「お、俺の？」

正直、気圧された。そしてそれ以上に、教室では空を射抜くように窓の外に向けられがちの視線が、自分に向けられたことに感動じみた衝撃を受けていた。彼女にまっすぐ見つめてもらえて、しかも会話までできる男子なんて今や学校にひとりもいない。しかも健児はこれで本日二度目なのだ。奇跡と言ってもいい。

「本当は察しもついてるんでしょ？　今日のお昼のことよ」

「昼って……」

健児は自分の顔から血の気が引いていくのをたしかに感じた。そこからすぐに赤面し、また血の気が引く。青になったり赤になったり、黄色の壊れた信号機のように忙しい顔色で、昼休みに起こった出来事を想起する。

できることなら、永遠に忘却していたかった屈辱の記憶だ。

「これより学級裁判を行います！」

鶴城の号令で教壇に注目が集まり、健児はクラスメイトの視線に晒された。

人に見せられる姿ではない。仮にも日本男児ともあろうものが、鶴城の隣で女子一名に羽交い締めにされ、たやすく動きを封じられているのだ。

「わりーわりー、団長命令だから恨まないでくれよ」

「菱沼、おまえゴリラの血が混じってないか」

「それって宣戦布告？　ＯＫ、折れるか千切れるか好きなほう選んでいいよ」

健児が動物的なうめき声をもらすほど激しく羽交い締めをしてくるのは、鷲尾真子を見守る会略してマコマコ団（全然略じゃない）でも随一の武闘派、菱沼である。体格的にほとんど差がないとはいえ、振りほどけないのは男として情けない。あと痛い。

「みなさんご存じのとおり！　私たちのクラスメイトである鷲尾真子はみんなのアイドルです！　サザンクロスのプリンセスは共有財産であります！」

裁判長の大声には弁当に夢中の欠食児童も箸をとめる。またはじまった、と言わんばかりの疲弊した目つきで。

この鶴城という少女は元彼氏の横暴から真子に救ってもらって以来、すっかり彼女にイカれてしまっている。どちらかと言えば声の小さい地味な少女だったのに、あの事件から半年も経つ頃には率先してマコマコ団を結成し、真子に近づく男あらば実力行使でブロッキングするほどである。

鶴城の影響を受けた構成員一同も、相手が何者であろうと怯《ひる》むことはない。当て身に投げ技絞め技、凶器攻撃はおろか風評被害による社会的撲滅作戦まで駆使する狂信者に男たちは恐れおののいた。

軍団随一の武闘派である菱沼が空手部の嚙みつき魔人こと斑田《はんだ》から真子を守るため、三時間にわたって死闘を繰りひろげたことはいまだ記憶に新しい。舞い散る血飛沫を横目に、いったいなんの学校だよと内心ぼやいていたのは一般人代表の健児である。

「再度確認します！　マコに近づいてよい唯一無二のオスはこころんだけ！」

鶴城は真子の膝を我がモノ顔で占領する猫をビシッと指差した。態度がふてぶてしければ体格もでっぷり太っている。見るからに膝が疲れそうだが、毎度のことなので真子も取り立てていやがるでもなく、窓の外を見やりながら毛並みを撫でていた。

「人間のオスはいろんな意味で危険！　はい、復唱！」

きけーん、きけーん、と不揃いな合いの手が入る。団結力はイマイチで、クラスでただひとり真子より小柄な蔵部四葉《くらべよつは》などは「もう、しょうがないなぁ」と言わんばかりの棒読みだ。真子の机に顎を乗せ、申しわけなさそうに苦笑いをしている。

「コラ、よっちゃん！　気合いが足りない！　サン、ハイ！」

「人間のオスはきけーん」

ワンテンポ遅れて、しかもちょっと間延びした言い方である。蔵部四葉、通称よっちゃんは背が低いばかりか真子と違って胸も薄く、ショートカットの眼鏡っ娘というその筋の人間が喜びそうな外見ではあるが、鶴城の琴線には触れないらしい。次なる団員斉唱もただ真子だけに対する讃歌であった。

　みんなのアイドルだの世界一可愛いだの、大声かつリズミカルな歌声をよそに、当の真子本人は髪の乱れを気にするように瞳をまぶたへ寄せながら、そっぽを向いて我関せずを貫き通していた。さすがに恥ずかしいのか、頬がどんどん赤くなっていく。

（でも、みんなに褒められるのも仕方ないよなぁ）

　健児は思う。真子はちょっぴり特別な美少女なのだと。

　外見の華やかさはもちろんのこと、勉強だって運動だって器用にこなす。精神的にも強いことは、例の事件からして明らかだ。

　客観的にも主観的にも、鷲尾真子はスーパーガールなのである。

「はい静粛に！」

　だれより騒いでいた鶴城が手を打ち鳴らし、真子の頭を薄っぺらな胸に抱いて庇うようにしながら、矢のような視線を健児に飛ばしてくる。

「では容疑者、北野健児。さっきマコになにをしていたの？」

　記憶にあるかぎり昼休みにしたことと言えば、真子が廊下に落とした巾着袋を拾っただけだ。強《し》いて言えば、差しだした瞬間に真子の顔が紅潮して、「……見たでしょ！」とあわてた口調で牽制されたぐらいのことで。

もちろん中身は見ていない。普段クールな彼女があんなにあわてたのだから、よっぽどの秘密が隠されていると思っていい。だれにでも隠し事はあるものだ。恥ずかしがる気持ちはよくわかる。

「ちょっとからかったら鷲尾さんが怒っただけだよ」

真子の一瞥《いちべつ》が自分を薙《な》いだような気がしたが、視線を返したときには彼女の目は窓の外に向けられていた。

「なんてからかったの？」

「おまえの髪型、バイクのハンドル代わりにできそうだなって」

「マコの髪にケチつけるなんて烏滸《おこ》がましい！　下劣、下品！　ハイ極刑！」

「早いよ！　弁護士を呼んでくれ！」

鶴城が手のひらで空を薙ぐのが合図となって、よっちゃんが動きだした。羽交い締めの健児の横で膝をつき、鶴城と健児の間で戸惑い気味の視線を往復させる。

「な、なにをする気だ……？」

「ええと、その……鶴城ちゃん、ほんとにやっちゃうの？」

「当然！　こいつの狙いなんてスケスケのミエミエだもの！　アレでしょ？　最初はぶっきらぼうな態度で気を引いて、ちょっとずつ距離を縮めていってつけ入る隙を探ろうって魂胆でしょ？　男はいつもＫＥＤＡＭＯＮＯね！」

　勝手な思いこみで怒り狂う鶴城をとめるすべは、健児はおろか他のクラスメイトも持っていない。みんなとばっちりを恐れて黙認である。

「この男がどれほど下劣で姑息な性根を持っているのか、下心ならぬ体のシモで見せてもらいましょう！　セッティングはＯＫ？」

「お、おぅけぃ」

　よっちゃんがおずおずと小さな手でズボンのベルトに触れたとき、健児はようやくその意図を理解して寒気と怖気に凍りついた。

　よりにもよって、ちょっといいなと思っていた女の子の前で、もっとも恥ずべき部分を晒されてしまうのだ。恥ずかしいなんてものじゃない。脳味噌と心臓が爆発して死んでしまいそうだ。つけ加えるなら、食事中のクラスメイトもまだいる。

「さあよっちゃん、レディィゴ！　レディィゴ！」

「お、おぅけぃ」

　とめる間もなく、固く目を閉ざしたよっちゃんの手で、ズボンとトランクスが豪快に引きずり降ろされた。

　——こうして、嬉し恥ずかし青春の学園生活は、終幕と相成ったのでございます。

　心のなかで大仰に演じて、心にひろがる絶望から目を逸らす。

　いや、逸らしきれない。教室でシモ丸出しなんて小学生レベルのイタズラが、健児にとっては煉獄《れんごく》さながらの責め苦だった。

明日からどうやって登校拒否をしようか。

「おほほほ！　見なさい、マコ！　これが、男の、きたなッ、ら、し……さ……？」

鶴城がしどろもどろになり、黙りこんだ。

興味津々で弾劾裁判を見守っていた女子勢も沈黙し、異様な気配に気づいた男子も健児の股間を見た途端にあんぐりと開口して呆けた。

静寂に包まれた教室で、健児は深くうなだれて、冷たい空気に縮みあがった男の塊を見下ろした。

だれにだって隠し事はあるものだ。それを知られたら恥ずかしいに決まっている。だれよりも知られたくなかった相手まで、目を見開いて凝視しているのだから堪ったものではない。死にたくなって、なにも言えなくなる。

うつむいた先に見えるものは、萎えてなおキングサイズの立派な逸物。

大蛇のような肉塊がぶらさがっていた。

「ふぎぃいいぃー！」

真子の膝から降りたこころんが敵意を剝き出しにして唸る声が教室に響きわたった。

「……できれば忘れたい記憶です」

真子の部屋の潔癖なぐらい白い壁に手をつき、深くうなだれた。目を閉じれば醜悪な巨根がまぶたの裏に映る。

とかく醜いペニスなのだ。大きいだけでなく、女性経験は皆無なのに色が黒ずんでいる。勃起時の反りかえりやエラの張り方などは、実用したら女が痛がって泣き叫ぶんじゃないのかと思えるほど。根元にぶらさがる弾倉も目に見えて大きい。その気になればマグカップ一杯分ぐらいは出るのではなかろうか。

「俺の股間のことは忘れてほしい……あれは鷲尾さんの青春の日に現れた夢、幻、蜃《しん》気楼《きろう》。風に吹かれれば寒くて縮まるような悲しい男の塊なのです」

「そんな詩的な表現で誤魔化さないでよ。忘れたいのはこっちなんだから」

忌々しげに息を吐くのもごもっとも。反論の余地はない。

「ほんッとうに、生で男のアレを見せられたのなんて、ちっちゃい頃お父さんと一緒にお風呂入って以来だったわ。というか、思いだしてほしいのはそんなことじゃないの。それとも……ああ、なるほど。わかったわよ。とぼけた態度で私を脅すつもり?」

「アレじゃないって……え?　脅すって、なんのこと?」

股間晒しの刑のショックが尾を引いて、他の可能性など考えることもできなかった。考えてみれば、いくら醜い逸物を見せられたからと言って、使用人を使ってまでクラスメイトを拉致《らち》するのはやりすぎだ。

真子の大きな目が氷のように冷然としている一方で、強張《こわば》った口もとには焦げつくような苛立ちがうかがえた。似たような表情は、学校でも見たことがある。弾劾裁判の少し前、廊下で彼女の落とし物を拾ったときのことだ。

「もしかして、わかってるじゃないのよ!」

「ほら、わかってるじゃないのよ!」

耐えかねていたのだろう、真子はやけくそ気味の金切り声で怒鳴りだした。普段の冷静で達観したような態度とは一線を画す生々しくも直接的な怒りの表情に、健児は気圧されるまま後ずさる。

緊張のあまりツバを呑んで喉を湿らせると、思いのほか大きく喉が鳴った。

「ツ、ツバ呑んだわね! 女の子の弱みを握って興奮してるのね! やっぱり私のこと脅しまくってどうにかしようって魂胆でしょ!」

「い、いや、それは誤解だ! 冷静になってくれよ! そんなことして俺になんのメリットがあるんだよ!」

「誤魔化してもムダなんだから! あ、あんなバケモノみたいな股間見たらだれだってわかるわよ! あの黒ずんだ色とか、女の子に相当ひどいことしてきた証拠でしょ!」

顔をトマトみたいに赤くして鼻息を乱している真子に、話を聞く余裕がないことは一目瞭然だ。あの巾着袋に隠された秘密がどれほどのものかは知らないが、それでも健児は弁明せずにいられない。股間のことを揶揄《やゆ》され、濡れ衣を着せられ、腹立ちすら感じて声を荒げる。

「俺はそんな悪趣味なサディストじゃないよ！　それこそ見ればわかるだろ！　自分でも呆れるぐらいごくごく普通のつまんない男だし！」

「たしかにツルツルのゴムボールみたいに無味乾燥な顔だけど！」

「それはいくらなんでも言いすぎ！」

さすがにむかっ腹がどんどん立ってくるが、次のセリフにはむかつきも忘れて激しく動揺した。

「わかったわよ、もう！　私の口から言わせようってハラでしょ！　いいわよ！　お望みどおり言ってやるわよ、この変態ドS男！」

真子は身を翻《ひるがえ》し、部屋の隅に置いていた通学鞄から例の巾着袋を取りだし、乱暴な手つきで口を開いた。

「お、おい！　だれがそんなことしろって言ったよ！」

ちょっと好奇心がうずくのは否めないが、いやがっている女の子の秘密を暴くことに気分が悪くなるのも事実だ。

彼女の手首を握ってとめようとしたが、そのときにはすでに口の開いた巾着袋が床に叩きつけられたあとであった。

こぼれだしたのは——半球状の電動マッサージ機と、オレンジ色の輪ゴム。

「……肩が凝ってるのか？」

「この期に及んで、まだとぼけるのね！　外道王！　変態王！　地味王！　空気！　エアバッグ！」

最後のほうは地味に効いたが、それはともかく。

いくら手首を握っても、脳天沸騰した真子の口までとめられるはずもなく、一世一代であろう彼女の大告白を健児はふたりきりの部屋で聞くことになった。

「わ、私は！　学校のトイレで、輪ゴムでクリトリスをギュッとして、電マオナニーしてイキ狂うような変態マゾ女です！」

☆

もはや後戻りはできない。鷲尾真子は覚悟を決めていながら、泣き笑いで崩れ落ちることをやめられなかった。

「えへへ……ほら、言ってやったわよ。満足でしょ？　よかったわね！　私の人生ここで終わったわよ！　ジ・エーンド！　続編はございませーん！」

今までひた隠しにしてきた自分の秘密を、よりにもよって毎日顔を合わせるクラスメイトに知られてしまったのだ。

学校のトイレでオナニーするのは日課なのである。それも、できるだけ激しく。

女の身体でもっとも敏感な陰核をゴムで縛りつけ、充血させてから電動マッサージ機で刺激すると、失神寸前で何度も絶頂に達してしまう。ハンカチを嚙みしめて声を押し殺しているが、息遣いぐらいは外にもれているかもしれない。もし、万が一にでも男子が気づいて、個室トイレの上か下の隙間から携帯電話で写真を撮ろうものなら、脅迫から凌辱、奴隷化の道をまっしぐらに違いない。

きっと自分は拒めない。なぜなら鷲尾真子は、その一連の流れを想像しただけでショーツがじゅくじゅくに湿るような、真性のMなのだから。

「笑いなさい……サザンクロスのプリンセスなんて大層なあだ名がついてても、私はこのとおり淫乱変態娘なのよ。腹筋が千切れるまで笑うがいいさっ」

北野健児はなにやら思案げな顔で、しばし無言を決めこんでいる。その圧迫感に、真子は自分の外面が一枚ずつ剝がされていくような気がした。

こういう地味なタイプにかぎって変態性欲は強いに決まっている。輪郭がちょっと間延びした感じで、目鼻立ちに特徴もなく、身長だって十人並み。人混みに放流したら二秒で見失うような外見だが、股間のアレは凶器なのだ。プロレスのリングに持ちこんだらきっと反則扱いになる。

生まれついての悪役《ヒール》、凌辱強姦魔に決まっている。

今だって弱みを握った相手をどうやって料理して、どのように食べてしまおうか考えているのだろう。

（食べられちゃう……私、こいつにむさぼり食われて一生をムチャクチャにされちゃうんだわ……うう、終わった、人生終わった……）

絶望的な状況に鼓動が激化していく。興奮をしてしまうのだ。非道な仕打ちを期待して、乳首の先にまで血潮が流れこむ。

でも、こんな自分が汚らしくてイヤになる気持ちも、たしかに真子のなかには存在した。なのにみんなが可愛いだのプリンセスだの持ちあげるから、申しわけない気分にすらなってくる。だから必死で外面を取りつくろってきたのに、トイレオナニーなどというスリルを愉しんでしまったばかりに、なにもかもがご破算となってしまった。

「あの……」

声を落とされ、ビクッと身を震わせる。鼓動が加速していく。頭のなかが血流でかきまわされたみたいにグルグルになって、混乱が極まっていく。

「俺も見られたくないところ見られたからさ、痛み分けってことでどうかな」

「いっ、痛みッ？　痛いことするってわけ？　ド、ドS降臨ね！　ひぃっ」

「いや、しないから……俺、ノーマルだから」

「ノ、ノーマル？　痛いことしない？　じゃあお金目的？」

「だから鷲尾さんにはなにもしないって！」

「じゃ、じゃあ親ね！　家族に手を出そうって腹ね！　熟女マニア？　ママにだけは絶対に手を出させないんだから！」

鷲尾真子の人生はもはや終わったのだ。せめて他の人間にまで被害をひろげたくない。

なにか思いきり間違いを犯している気もするが、よくわからない。頭がグルグルまわってとまらない。ふらつきながら立ちあがり、ベッドの下に隠しておいた宝物を持ちだして、巾着袋の上に叩きつけた。

通販で入手した黒革の首輪と、ひと繋がりの鎖である。

「ほら、お膳立てしてやったわ！　ママみたいに熟れた身体じゃないけど、処女ってそこそこ希少価値があるんでしょ！　くれてやるわよ、ご勝手に調教なさい！　強姦、異物挿入、フィストファック、スカルファック、なんでもどんとこい！」

「ヤケクソにならなくていいから！　ほら、涙目になってるし！」

「これはアレよ！　そう、興奮によって滴るたぐいのアレ！　今までの鷲尾真子は死んだ！　生まれ変わった雌奴隷、あなた好みのマコ犬をよろしく！」

——お父さん、お母さん、今までありがとう。

——私、この外道男の肉欲便器に永久就職します。

天井を見上げてグスンと涙を呑む。すると突然、すごい力で肩をつかまれた。

「聞け！」

防音効果の高い真子の私室に響きわたる怒鳴り声だった。

(ああ、ヤられちゃう……私、こいつにレイプされちゃうんだ……)

怖いのに、恥ずかしいのに、下着はぬかるみと化している。

なんでこんなにも、私はいやらしいんだろう。

こぼれた涙を拭う気力も今はない。ただ、鼻息を荒くした健児に圧倒されて、小さくうなずいた。

「俺は本当になにも見てなかった！　今見せられたものも見なかったことにする！

俺は、好きな子を泣かせるようなことしたくないんだよ！」

「あ、はあ……」

予想外の展開に頭のグルグル感が収まり、冷静な思考が戻ってきた。

ええと。と、心にワンフレーズを置いて、事態を整理する。

北野健児がなにも見ていなかったとすると、真子が一方的に秘密をバラしたことになる。しかも勝手に興奮して、ひとりでギャーギャーと騒ぎ立てて。

見なかったことにしてもいい、というのは、引き替えにレイプさせろとか、そういうたぐいの交換条件ではないのか？

でも、しかし、だが、しかれども。

「好きな子って、言った？」

「あ」

無味乾燥だった顔立ちが紅色をにじませ、汗でにわかに潤いを増す。

ちょっと可愛いかも。と。思ったのも束の間。

真子は自分が人生最大の過ちを犯したことを理解し、桜色の唇を震わせた。

「……バカじゃないの」

「うわ、最悪のリアクションだ」

「最悪はこっちよ……私、バカじゃないの」

自分で墓穴を掘って顔面からダイブするような、最悪のバカだ。

彼が教室で吊るし上げを食らったときに巾着袋のことを黙っていたのは、あとで真子を脅すためなどではなく、むしろ真子の秘密を守るために気を利かせてくれたのではなかろうか。庇ってくれたという言い方もできる。

だとすると、腐れ外道の変態野郎どころか、お人好しの善人ではないか。

（なのに私、ひどいこと言っちゃって、一方的に難癖つけて、秘密までバラしちゃって、本当最悪っていうかなんていうか……私のこと好きって言ってくれたのに……）

ヌルヌルした汗が顔面に浮かぶ。熱い。顔も身体も熱くて仕方ない。

「あああぁああ！　考えてたら死にたくなってきたぁ！」

洋服箪笥に手をつき、頭を叩きつけて羞恥心を吹っ飛ばそうと思ったのに、後ろから羽交い締めにされた。

「落ち着いて！　忘れるから！　なかった！　この部屋ではなにも起こらなかった！」

「その心遣いが余計に心苦しいわよ！　あああああぁぁいやあああああ！」

健児の腕を振りはらい、床に落とした首輪を拾った。

もうほかに手がない。今の心苦しさを誤魔化すためには。

「北野健児！　よく聞きなさい！」

何度もひとりで試してきたように、荒々しく首輪を装着した。

四つん這いになり、呆気に取られた健児に首輪に繋がった鎖を差しだす。

「私が奴隷になってあげるから調教しなさい！」

恥ずかしい流れはなかったことにするしかない。

脅されて奴隷になっちゃった、というノリで進めるしかない。

「私がマゾの変態であることを知った以上、恋だの青春だの青臭いことは言わせないんだから。あなたの平凡な人生は今日で終了！　おめでとうございます！　今日からアナタはドSの変態ご主人さまよ！」

「い、いやいやいや、俺は純愛派なんだ！」

「そんなバケモノ飼ってるくせに、純愛のなにを語れるっていうのよ！」

後戻りできない泥沼への道連れにするつもりで、彼の股間をわしづかみで確保した。

「おっ、うぉお」

健児の口から気の抜けた声が出た。男もやはり、ここを触られたらそうなるのだろう。

手のなかにとらえた肉の塊はほんのり芯が通って、ズボン越しにもじんわりと熱を伝えてくる。生まれてはじめて手にした、男性の象徴と言える部分だ。

「偉そうにいろいろ言ってたくせに、しっかり硬くしてるじゃないの……いったいどちら様が純愛派なのかしら」

「お、俺も男だから、そりゃ好ッ……いや、ああもう！　とにかく離してくれ！」

肩を突き飛ばされそうになったところを、カウンターで逸物の先のほうに親指の爪を立てた。狙い違わず健児は硬直して脂汗を流す。こんなに敏感なら、女のなかに入れたらそりゃあ気持ちいいだろう。真子は想像して胸を弾ませた。

ぬるぬるになった秘処をかき分けて、硬くて熱い剛直を子宮にまで——

（こ、これ絶対にキモチいい……男も女も頭おかしくなっちゃうぐらいキモチいいに決まってる……最初だけ痛いかもしれないけど、そのあとはもう突っこまれただけで、私は快感に抗《あらが》えなくなって北野くんの思うまま狂わされてどんな恥ずかしい命令でも聞くしかなくなってフェラチオとかアナルセックスとか野外露出調教とかさんざん仕込まれて学園生活も調教の一環として毎日毎日性欲の捌《は》け口にされてあああぁあマゾ人生の扉が開けて来ちゃうわけね！　ふあぅっ、あうあうあああーッ）

ノッてきた。さっきの恥ずかしい展開も忘れられそうだ。

ズボン越しにペニスをさすり、快感と理性の狭間でうめく健児を鼻で笑う。

「ふ、ふん、気持ちいいくせに……これを女の子にぶちこんでヒィヒィ言わせたいって思ってるくせに……ほら、絶好のチャンスじゃないの。ほらほら、鎖はここにございますよ？　それとも据え膳も食えないほどのヘタレ君なのかしら」

私がS役になってどうすんのよと思わなくもないが、ここはぐっとガマンの時。

男はみんなケダモノだから、挑発されたら怒り狂って凌辱魔に変身するはずなのだ。

現に握りしめた逸物はどんどん硬さと太さを増しており――

（で、でかっ……）

想像していたよりもずっと大きく膨張している。雄の持つ攻撃性が海綿体に凝縮され、もうすぐ自分を串刺しにするのだと思うと、いてもたってもいられなくなった。

「もしかしたら、教室で晒し者にされてよかったのかもね。そんな性格じゃ一生使いどころがないだろうし、みんなの笑いモノになれた分だけ本望だったんじゃない？ね、デカ×ン君」

攻撃的な言葉遣いに合わせて、男根を強く握りしめてみた。鉄のように硬くて指が食いこんでくれない。ドキドキする男らしさだ。

見上げれば、健児の顔は真っ赤に染まって今にも爆発しそうになっていた。

「な、なめんなああああああ！」

やっぱり爆発した。

肩が潰れそうなほど強く握られた瞬間、真子はショーツがまたぬかるむのを感じた。

「昔っから笑いモノどころか一目置かれてたよ！　股間見ただけでイジメッ子が敬語使ってきて、翌日にはチ×ポ番長って呼ばれてたよ！　ちょっと仲良くて気になってた女の子だってあからさまに距離空けるようになったし！　アホか！　チ×ポひとつで俺の初恋はぶち壊れたんだぞ！　笑いたきゃ笑え！」

「あははー」

「ホントに笑うなああああああああ！」

肩に体重が乗せられたので、真子は期待で胸をいっぱいにしながらそれを受け入れた。

床に押し倒されたところで、カチャカチャと男の股間で金具をはずす音がする。

（レ、レイプされちゃう……もう逃げ場もない！　レ、レイプ！　レイプ！）

ほんの少しの恐怖心も昂揚感で溶けていく。真子はあらためて自分がどうしようもない変態なのだと理解した。

変態だから仕方ないことだが、自分の脚の間から健児の股ぐらを見やり、黒ずんだ陰茎が飛びでてくると、そのすさまじい存在感に「きゃっ」と歓声をあげてしまう。

網膜と記憶に焼きついて二度と離れないような、極太の凶器がそこにあった。

「きょ、教室で見た時よりずっとおっきい……！　勃起したら何倍もおっきい！」

「そうだよ！　気持ち悪いだろ！」

「ほんとキモすぎね……先のほうはツルツルしてるのに、竿の部分は筋張ってデコボコで、カリだって、破瓜《はか》の傷をかきむしって女を苦しませるための拷問器具みたいだし……」

「だろ！　こんなの入れられたくないだろ！」

「合格！　北野健児ごうかーく！　強姦棒キングここに誕生ぉー！」

「ヘンなテンションで人が気にしてる部分を評価するなよ！」

せっかく女の子が褒めてあげても泣きだしそうな顔をするのだから、男の思春期も複雑なのだろう。だからと言って、せっかく捕まえた極上の逸物を逃すつもりはない。

逃げ腰になろうとする気配が健児に見えたので、彼の尻に両脚を絡ませて引き寄せる。

「ぐっ！　ちょ、ちょっと、なにすんだよ……！」

健児は竿先と制服のプリーツスカートが摩擦する感覚に小さく喘いだ。

「レイプする場所はもっと下でしょ？　すっごく気持ちいい穴がもっと下にあるんだから……男ならだれでもぶちこみたいものでしょ？」

今日までろくに話したこともない男子に、とんでもなく卑猥な言葉をぶつけてしまう。テンションがあがってとまらないのだ。頭はふたたびグルグルまわっている。なにがなんだかわからないが、長年押し隠してきたMの本性が留まるところを知らずに大暴れしている。

仕方がない。弱みを握られて、脅されているのだから。

言いわけじみた思考を心の片隅に残しておくのが、真子の最後の理性だった。勝手に動きだす手をとめることもできない、薄弱で脆弱な理性である。

スカートをめくりあげるのだって、相手のご機嫌をうかがうため、仕方なくだから。

「ほら、さっき楽しそうに覗いてたパンツよ」

腰と腰が密着寸前で角度的に見ることはできないだろうが、ペニスの裏筋が触れたのですぐに理解しただろう。

縞模様の布切れが、しとどに濡れていることに。

布の下に隠された女の肉が男を激しく欲していることに。

息を荒くしているのが気づいている証拠だ。

(女の子は天使じゃないんだから……世の女性の八割はレイプされたがってるものなんだから――だから、北野健児、ファイト！　今こそS魂に目覚める時よ！)

一刻も早く犯されたいという気持ちと、どうせならもっと強引かつ一方的にやってほしいというM心。それらをなだめて、今は彼を誘惑することに執心する。

腰をよじり、下着越しに秘裂と剛直を擦り合わせ、痺れにも似た心地よい快感に喉の奥から淫響をこぼす。

「んっ、ぁあ……ここに、私の気持ちいいとこ、あるから……」

「た、たしかに、フニフニでジュクジュクで、濡れまくりだけど……ぐっ」

健児は心地よさそうに歯噛みをしたかと思うと、腰砕けになって前のめりに倒れてきた。真子の顔の横に手をつき、のしかかるような体勢でどうにか留まる。

大きい体だった。年頃の男子としては中ぐらいの体格でも、小柄な真子にとっては視界すべてを埋めつくすようなものである。

実にレイプ向きの体格差ではないか。

力ずくでこられたら絶対に抵抗できない。

早くしてほしい。早く破瓜《はか》の衝撃を刻みこみ、変態女に残された最後の純潔を奪ってほしい。大きなペニスで。グロテスクな陰茎で。どんなに痛くて苦しくても、かまわずかきまわしてほしい。

そうしたらきっと、さっきの恥ずかしい過ちも、今までの学園生活で溜めこんできた鬱憤《うっぷん》も、ぜんぶ霧のように晴れて消えるから。

「ここまできたら……もう、後戻りしようなんて言わないわよね？」

首輪の鎖をつかんで、健児の頬に押し当てた。金属の冷たさがかえって股間の熱を際立たせ、ふたりの腰を昂揚感に震わせる。

健児は鎖こそ手に取ろうとしない。だが、両手を太腿の外側に這わせて愉悦を擦りこみながら、ショーツの両端に指を引っかけた。

「や、破く？　破いちゃう？　レイプだもん、破くわよね？」

答えは返ってこない。健児は無言の吐息を繰りかえすごとに、数センチずつショーツをずらしていく。

「な、なにか言いなさいよぉ」

ただただ動作に集中する健児の様子には、なにかに憑《つ》かれたような鬼気迫るものがある。理性を失い獣となった雄の迫力に、真子は心地よく圧倒された。もっと乱暴に引き裂かれるのを想像していたが、これはこれで焦燥感にドキドキする。

真子は脱がしやすいよう両脚を軽く閉じた。愛液で裏地に貼りついた秘肉が引っ張られ、ぬぱッと剝がれる感覚がまた快美な熱となって下腹をうねらせる。

「あぁっ……脱がされちゃったぁ」

右足を持ちあげられ、ショーツから引き抜かれると、糸を引いた愛液がカーペットにひと筋落ちていく。ぬめりと輝く糸を健児の目がたどり、源流の赤い切れ目に視線が粘りつく。見られているだけなのに、こそばゆくて仕方ない。

薄い和毛《にこげ》は飾り布にこそなれど、白い膨らみに刻まれた露だくの亀裂を隠すことはない。薄紅色の襞肉構造は真子の淫らな性癖とは裏腹に、恥ずかしそうに身を縮めて男の視線を拒んでいる。

健児がようやく呟く言葉には、感嘆の念すらこもっていた。

「キレイだ……鷲尾さんのここ、ツヤツヤして、ピンク色で」

「バ、バカね、そこはもっと下卑た感じで……」

レイプ魔らしい口調を指南してやろうかと思ったのも束の間、突如として股ぐらに稲妻のような衝撃が生じた。軽くなぞられたのだと理解できたのは、彼の指と秘処の間に長々と愛液が伸びているのを見たからだ。

「あんっ、はぁっ、んぅ！」

「感じてる……？　もっと触ってみても……いいかな？」

健児は先ほどの怒りも忘れて、臆病さと好奇心がないまぜのたどたどしい手つきで真子の股をさすりだした。中指の腹で下の縁に触れ、左右の表襞を優しくかき分けて真上に昇っていく。

「んっ、んっ、あぁ、こ、これ、オナニーと全然違う……！」

真子は股ぐらにひろがる甘い愉悦に感電し、細腰を小刻みに震わせた。男の指の無骨な形を柔らかな性感膜で感じるだけで、頭が白んでエクスタシーが垣間見える。

秘裂の頂点で半向けの肉豆が擦られた瞬間には、脚を突っ張らせて歓喜に鳴いた。

「んんあぁぁッ、そこぉ、そこ、学校のトイレでいじりまわしてたところぉ……！」

「けっこう大きいな……女の子ってこんなにクリトリス大きいもんなの？」

健児は感心したような口ぶりで陰核をこねまわした。小豆ほどはあろうというサイズで、表面積が大きい分だけ性感神経もみっちり凝縮されている。前後左右に擦られるだけで下半身が快感に硬直し、脚が攣《つ》りそうなほど突っ張ったまま戻ろうとしない。

「毎日、毎日いじりまわしてたから、おっきくなっちゃったのよぉ……」

だらしなく口を開いていると、ヨダレが唇からこぼれた。ぬぐうつもりはない。こういう無様な表情で喘ぐのが淫乱なマゾにお似合いだ。そんな自分に男がツバを吐きかけ、肥大化したクリトリスを嘲りながら凌辱してくる様を心に描いてオナニーするのが日課であった。

「見損なったでしょ……幻滅したでしょ……女の子に幻想抱いてたかもしれないけど、私はこんなにいやらしい身体してるのよ」

「でも……感じてるところ、可愛いよ」

「ああもう、なんでそこで『ブタめ、おまえはメスブタだ』ぐらいのこと言えないのよ。気が利《き》かないわねぇ」

「そっちこそ気を利かせてムード大切にしてくれよ」

腹立たしげに目を細めた健児の指遣いが少し荒っぽくなり、秘裂と陰核をまとめてかきむしらんばかりに激しく上下した。

「あぁんッ、言葉責めが苦手だから、んふっ、行動で示す男の美学？」

「こんな美学はヤだよ……」

口では悲嘆に暮れているようで、愛撫の手は一向にとまらないのだから、この北野健児という男もなかなか強情だ。本心では一刻も早くレイプしたいくせに。目の奥にこもった熱も衰えを知らず、カーペットに滴りをこぼす肉割れだけでなく、感悦の震えに揺れかえる乳房にも熱い視線が飛び火する。

「胸もほんと大きいな……こんなに揺れるもんか」

「そりゃ、ブラしてないから」

「ブッ、ら？　してない？」

今さら気づいたのか、彼の目が乳房に釘づけとなった。横にめくれたボレロの隙間から、尖りの浮かんだブラウスがのぞけている。肌着すら着ていないので、柔肉が揺れるたび裏地で擦れて乳首の神経が昂っていく。

健児は断りもなく、おそらく無意識のうちに引き寄せられて、手を胸にかぶせてきた。ブラウスの防護も大した意味をなさず、汗ばんだ手のひらの体温が瞬時に染みわたる。

「あっ、はう……！」

「大きいだけじゃなくて、やわらかい……」

おっかなびっくり持ちあげるように揉みしだく手つきは、けっして慣れていると言いがたい。それでもウナギ登りに感度がよくなっている真子にとっては、充分すぎるほど魅惑的な愛撫となっていた。自分より大きな手で柔肉がスポンジのように変形させられる様は、見ているだけで息を呑むほど圧巻だ。

「すごい……ブラウスが張りつめて、隙間から肌がのぞけてる……」

ボタンとボタンの合間で、白い柔肉の谷間が少しずつ桃の果汁のように色づいていく。彼に揉みしだかれていると、表皮から皮下脂肪へと愉悦に侵され、心臓にまで媚熱が食いこんでくるのだ。股にしてもちゅくちゅくと水音が鳴るたび、陰唇ばかりか子宮の奥まで快感電流に焦げつく。

「あぁっ、ひんっ、前戯なのに、頭も身体もフワフワになってきちゃった……」

真子は嬉し涙まで浮かべて愛らしい顔を蕩《とろ》けさせた。他人に触られることの悦びに浸り、時に快楽が頂点に近づくと軽い歯噛みで少しガマンする。たしかに気持ちはいいが、まだイキたくはなかった。

さっきから太腿に当たっていた灼熱の肉棒を見やれば、苦しげに脈打つ様に哀れみすら覚える。

「はぅんっ、あっ！　んぅぅ、ね、ねぇ……そろそろ……私の処女、強引に奪ったりしないの……？」

自分から懇願するのは調教されてからでないと意味がないのに——真子は堪えきれなかった。昂った秘肉がうずきのままに身震いし、より強い刺激を求めている。

健児は手の動きをとめ、戸惑いに瞳を揺らした。興奮の呼吸を隠すこともできず、純潔の証たるピンク色の狭き門が凌辱を求めて濃厚な愛液をトロリと垂らす様を凝視してくる。上の口の何倍も説得力があったのか、とうとう彼も根負けの様子で首肯した。

「わ、わかった」

強姦魔にしては頼りない態度だが、興奮しているのでＯＫだと、真子は鼻息荒く彼の宣言に聞き入った。

「……鷲尾さんの処女、いただきます」

「ど、どうぞ！　どうぞごレイプください！」

万感こもごもに両手で太腿を抱え、できるだけ大きく股を開いた。淫裂も自然と左右に引っ張られ、流れ落ちた白蜜が会陰を越えて肛門をくすぐる。

準備万端の秘裂へと、浅黒く反りかえった剛直が近づいてきた。

（く、くる！　くる、くるくるぅ……！　初体験しちゃう！　家で、私の部屋で、こんなぶっといの突き刺されて、処女膜引き裂かれちゃう！　さ、最高……！）

もはや言葉を発する余裕もなく、ただただ健児の腰が近づいてくるのを待った。

潤いの源泉が灼熱感で押しやられると、焦らされた秘唇は待っていましたと言わんばかりに雄肉と吸着する。

「ほぉっ、あぁぁ……！」

「あっ！　あぁぁ！　き、きちゃったぁ……！」

ただ肉溝の入り口を少し割られただけなのに、粘膜同士の触れ合いはふたりの腰が痙攣するほどの甘みをもたらした。奥からにじみだす肉汁がニカワのように粘つき、両者をぴったりくっつけて離すまいとしている。

ペニスはそれに逆らった。引くのではなく、押す方向に動くことで、粘着液を泡立たせながらさらに奥まった場所を求める。清らかなピンク色は赤々と燃えたつ亀頭で押し潰され、白い露をたっぷりこぼす。

「ぐっ、あぁっ……おっきいの入ってくるぅ……！」

「と、とまらないよ……！　鷲尾さんが、誘うから……！」

肉膜のもっとも窄《すぼ》まった部分、処女膜などと言われる男を拒む固い門が、沸きたった亀頭の圧迫を受けた。もはや健児も吹っ切れたのか、真子が柔腰をくねって苦悶しても前進をとめようとしない。全身の発熱を伝えるようにのしかかる。

いくらオナニーで局部をほぐしてきたとは言えど、土台が小柄な真子にとって健児の巨根で貫かれることは焼《や》き鏝《ごて》でえぐりかえされるような苦しみであった。

それが恐ろしく興奮をかきたてる。ずっと夢見てきた苦痛なのだから当然だ。

「ひぎっ、んぃいいぃ！　あくっ！」

股ぐらが裂けそうなぐらい痛い。痛いから気持ちいい。悔しいほど気持ちいい。

気持ちいいのが悔しい。悔しいから、もっと気持ちいい。

ミチミチと脳に響くような音が股に染みわたる間も、男の肉欲が粘膜越しに伝わってくる。鷲尾真子という少女のなかに、肉欲を叩きこみたいという雄特有の獰猛な本能が。

「はくっ、もうちょっとで私、あぁあ、ぷちって、ぷちってぇ、破れッ、あぁぁ！

破ってぇ、処女膜思いっきりぃぃ！」

カーペットに接した背中に力を入れ、貫通を求めて腰を押しあげた。健児が快楽を欲して腰を押しだしてきたのと、まったくの同時。

純潔が雄を拒む最後の抵抗、ぶちりとゴムの千切れるような音が聞こえた。

「あああぁあぁあッ」

高らかに声をあげ、弓なりにのけ反っても、なお誤魔化しきれない痛みが弾丸のように股間をつんざく。思い描いていたよりもはるかに強烈で、高圧電流でも流されているようだ。肺が握りしめられたみたいに呼吸できず、頭がパチパチと弾けて加速度的に加熱していく。なにもかもが、その熱で溶けていく。

痛いのが、気持ちいい。

愛液を追うように破瓜《はか》の血が流れ、その血がさらなる愛液に呑みこまれる。

やっぱり私はマゾの変態なんだと、股ぐらいっぱいの幸せを感じながら思った。

「あぁぁ、入ったよ、鷲尾、さん……！」

健児はもっとも感度の高いカリ首を挿入できて夢見心地の赤ら顔をしていた。

それで満足してもらっては真子も困る。首を折って見るかぎり、青筋張った長巻はまだ半分も入っていないではないか。

「まだぁ、根元までぇ！　がっつんがっつん動かないとレイプにならないよぉ……！」

「でも、すっごくきつくて、今もミチミチ鳴ってるし……！　出血だって、いや、なんか愛液のほうが多い気がするけど、とにかく痛そうだよ！」

「あのね、私はマゾなのよ……いじめられたほうが濡れてくるから、ね、お願いぃ。私を、早く楽にして？」

涙目で懇願するに際して、肩を狭めて両手を顎の近くで拳にしたのは、狙って媚びてみたわけではない。痛みに反応して身体が勝手に動いてしまうのだ。

事情はどうあれ、その仕種を受けた健児はペニスを爆発的に脈打たせ、何度も首肯してみせた。ツボにはまったのだろう。

「わかった……でも、口も動かないぐらいつらくなったら、俺の体をつねってくれ。すぐにやめるから」

「うん、つねる。つねるまではイヤよイヤよも好きのうちだと思っていいから」

ここまで言わないと本気になれないのだから、レイプ魔としてはまだまだだ。それでも今は上出来と言ってやりたい。指が食いこむほど真子の腰をわしづかみにし、情け容赦《ようしゃ》なく思いきり奥まで突きこんできたのだから。

指すら入ったことのなかった奥まった場所がメリメリと割りひろげられていく。

「はぐっ！　あぁぁ、くるぅ、くるくるぅぅ……！」

肉エラでこすられた柔襞にまで処女膜の痛みがひろがる。しかし、後追いで生じる摩擦感と吸着感が痛みをたやすく悦楽に染めあげた。

マゾでよかったとつくづく思う。ノーマルだったら、ただただ痛くて死にそうになっていたところだ。

ぐりゅ、と最奥が亀頭で押しやられると、頭が白むほどのなにかが弾けた。

「はっ！　あああぁ、くんぅぅぅッ」

のけ反りかえって目も口も開けるだけ開く。魂がそこから抜けていくような心地で、根元まで男を咥《くわ》えこんだ悦びに満身を痙攣《けいれん》させた。秘裂が火鉢になるような快感を与えてくれた男根を、感謝の気持ちと蠢動でキュッキュッと揉みこんだ。

「うッ、あぁぁ、ビクビクってなって……こ、これってイッてるんじゃないか？」

「あぁあ、イッてなんかないわよぉ、強姦魔ぁ……！」

涙を流す少女の目は、笑みの形に窄《すぼ》まっていた。少しは抵抗しているところも見せないと、強姦的な雰囲気が足りない。

その今さらな態度が、健児に火をつけた。

「い、いいや、これは和姦だ！　和姦だったら和姦だ！」

言い聞かせる相手は、もしかすると自分だったのかもしれない。

クラスでもあまり目立たない少年は、真子のたわわな胸を服越しに握りしめたかと思うと、腰を引いてすぐに突きだすピストン運動で肉穴をえぐりだした。そそり立った肉棒を、血と蜜で濡れそぼった襞穴でこすりまわすためだけの、強姦魔らしいダイナミックな動きである。

「な、これは和姦だろ！　レイプなんかで女の子がイクわけないから、俺はなにも悪いことしてない！　ほら、悦んでますって言え！」

「あんっ、ひどぃぃ、レイプなのにぃ！」

小さな身体の隅々にまで突き入れの衝撃が響いて、二房にくくった髪が鞭のようにしなって躍る。首輪の鎖がカチャカチャと乾いた音をたてる。痛みと快感でわななく指が、なにかの拍子に彼をつねってしまわないよう、真子は握り拳を口の前から動かさないよう強く意識した。こんなに気持ちいいことを、途中で終わらせたくはない。

「ふわぁっ、あっ！　あぁ！　あぁぁー！」

拳を濡らす吐息と声も今までより大きく、甘く、熱が増していた。自然と鼻を通って甲高《かんだか》くなるのが、作り物の喘ぎとは一味違っていやらしい。

いくら防音機能の高い壁だからと言って、こんなとろけるような声を出していいものだろうか。家族に聞かれたりはしないだろうか。

（マ、ママ、ごめんなさい……セックス、気持ちいいです！　レイプされるの気持ちよすぎて、スケベ声がとまんないです……！　あぁぁ、パパぁ、娘がこんな淫乱でごめんなさい！　恋人でもない男に強姦されてイキまくる娘でごめんなさいぃ！）

両親への申しわけなさすら、興奮を彩るスパイスにすぎない。

身体の末端のつま先でさえギュッと折りこまれてしまうのだから、抽送の真っ只中にある秘裂はもっと露骨に反応を示していた。快美な摩擦感で茹《ゆ》であがり、襞の一本一本が柔らかくなって鋼のような男根に絡みつく。こすれるときに少しでも摩擦係数が大きくなるよう、膣内全体が激しくざわめくのだ。蠢《うごめ》きすぎて液状に溶けるような感すらあった。

「くうぅ、とろとろぉ、とろとろになってくぅ！　ひあああぁ！」

「うぅ、なめられてるみたいだ……！　熱いし、じゅぷじゅぷ鳴ってるし！」

健児は腰遣いを徐々に速め、高まる快感に耐えかねたかのように両手で柔乳をわしづかみにする。

「ひっ！　あぁっ、オッパイもげっ、ちゃぅうッ」

理想的な乱暴さに皮下脂肪が火照《ほて》り、胸の先が尖っていく。

乳肉の内圧と健児の揉み手にブラウスが耐えきれず、ピンッ、ピンッ、とボタンが弾け飛んだ。それぐらいは許容範囲内というか、レイプなのだからもっと破りまくってほしいぐらいだ。

赤く火照った乳房がひしゃげる様は、ちょうど男をかきたてる情景だった。健児はブラウスを左右に分け、重力に逆らって丸みを保った双峰に目を奪われる。とくにその先端が痛々しいほど尖っているのを見て息を呑んでいた。

「かなり強く揉んでるのに……こういうふうにされるのが気持ちいいのか?」

これはたぶん、演技でなく本気だろう。乳首をつまんでねじあげる手つきに気迫がこもっている。甘美な痛みよりも、その気迫に真子は酔った。

「あぁあ、気持ちいい、ですぅ！　すてきぃ、おっぱい幸せぇえ！」

「なら、もっと幸せにしてやるよ！」

前後左右に無理やり引っ張られ、乳房の付け根にまで苦痛の悦びが生じた。真子にとってはいつも重たくて持てあましていた胸をようやく有効利用できたようなものだ。

(これ、たぶん掘り出し物だわ……！　北野健児、すごいご主人さまになるかも！)

乳膚が汗ばんで健児の手のひらに吸いつくにつれ、腰も手のリズムに合わせて上下しだした。突き降ろされるのと同時に腰を跳ねあげると、子宮口が破れそうなほど圧迫されて格別に気持ちいい。今すぐにでも絶頂の波に呑みこまれてしまいそうだ。

「はぁっ、んぅーっ！　いいぃ、ほんとに気持ちいいぃ、最高ぉ……！　レイプ、してくれて、あぁぁっ！　ぁありがとうございますぅ！」

「ど、どういたしまして……！」

健児もすでに限界近くまで高まっているのか、逸物の充血がいや増しに増している。赤く腫れあがった肉唇はすでに擦り潰れるほど押しやられているのに、昂ったペニスはさらに大きく、さらに太く。強めに押しこめなければ根元まで入りきらないほどに。

テンションも上昇しているようで、次のセリフはよい意味で真子の想像を超えていた。

「きょ、今日は、安全日か危険日か、どっちだ！」

その質問の意味を理解して、真子はきゅっと膣口を窄《すぼ》めた。

「あ、安全日、だからぁ！」

「だからって？　だから、どうしてほしいんだ？」

わかりきっていてもわざわざ答えを聞きだすあたり、充分にSの素質がある。

北野健児は最高のご主人さまになりうる同級生だったのだ。

なにが最高って、鎖をつかんで首輪を引っ張りながら言うのが最高だ。

「なかぁ……！　はじめてのレイプだから、なかがいいのぉ！」

喜びのあまり、吊り目が垂れるほどトロトロの笑顔で鳴いた。

健児のほうも、獣が牙を剝くような笑みを浮かべ、パンパンになった亀頭で処女膜の傷口を拡張するように浅い部分で円運動をしてみせた。

「この淫乱め……俺はずっとおまえのことを実はシャイな清純派だと思ってたのに！　自分から中出しを希望するなんて、生粋の変態じゃないか！　そんなにセックスしたかったのかよ！」

「セックスじゃなくてレイプされたかったんですぅ！」

「もっと悪い！　最悪だ、このマゾ豚！　わかったよ、中出ししてやるよ！　安全日でも妊娠するぐらい大量に出すからな！」

ゾクゾクする物言いだ。乳肉を握りつぶす手も、首輪を引き寄せる力も、尻腿がパンパンと鳴るほど激しい腰遣いも理想的。ドM少女の興奮は頂点に達した。

「ひあぁぁああッ、レイプ中出しくださいぃぃ！」

「ああ、レイプっていうのがどういうものか思い知れ！」

腰と腰が音をたててぶつかり合い、密着した瞬間に、オルガスムスの快楽が結合部で弾けた。痙攣《けいれん》じみて波打つ襞肉のなかを肉棒が射出とともに跳ねまわる。しかし肉と肉でみっちり埋まった膣内に濁汁の行き場はなく、より深みの子宮へと流れこんでいく。

「はあぁ、おなかのなか、いっぱい！　あったかいよぉ、精子あついぃ！」

初中出しに感極まった媚声は、淫らな響きで上擦り裏返る。

女心を魅了する極上の熱液であった。雄の欲望を濃厚に含んでヨーグルトのようにどろどろで、注がれるたび子宮が重たくなる。その重みが、男に汚されたという実感が、うっとりするほど心地よい。

全身の美膚が余すところなくピンク色に染まるのは、法悦に屈した証だろう。

（こ、これヤバすぎ……！　マゾッ気なくても絶対狂う！　中出しセックス以外できなくなっちゃう……！）

さすがに危険日だけは避けないといけないのに、強引に迫られたらきっと逆らえない。今だって我知らず健児の尻を脚で引き寄せ、一滴たりともこぼさないよう結合を深めている。細胞のひとつひとつを精子で貫いてほしいとすら思えた。

「す、すごい、吸われてる……！　あっ、あぁ、鷲尾真子のアソコが、俺の精子ゴクゴク呑んでる……！」

「だ、だって、おいしいんだもん……！　あぁ、一生このままザーメン漬けにされたいよぉ……！　どうしよ、たまらないよぉ、たまらないのぉ！」

まるでひとつの生物になったみたいに、ふたりは同期して腰を擦りつけ合った。膣口を窄《すぼ》めて陰茎の根元を軽くねじるだけで、衰えかけた噴出に勢いが戻る。巨根なだけでなくタンクの容量も申し分ない。

やはり、間違いなく掘り出し物だ。

（うちのクラスにここまでご主人さま向きの男がいたなんて……わたしの選S眼もまだまだね。んっ、あはっ、まだ出てる、まだまだ出てくる……！）

真子のエクスタシーは徐々に収まりかけてきたが、なお注ぎこまれる感覚が絶妙な余韻となって満悦の気分を長続きさせる。

それでも限界はくるものらしく、コンマ数秒の単位だった逸物の脈動もペースダウンしていく。健児のサディスティックな気分もピークを越えたようで、目に見えて表情が気弱に、地味に、萎えていく。

「あああぁ、やっちゃった、俺……」

「犯《や》られちゃった、私……えへ」

この期に及んで往生際が悪いのはイラッとくるが、射精を終えても鉄のように硬い逸物に免じて許してやろう。

せっかくの機会なのだから、もっといろいろやらなくては損だ。

「ん、しょっと」

繋がったまま右足をあげ、左足に重ねて横になる。膣内のねじれでぴゅるっと白濁が漏れるのがもったいないが、それで血が洗い流されるのは自分が生まれ変わったような気分で悪くない。

「え、な、なに？　なにする気だ？」

「レイプ魔ならレイプ魔らしく考えなさいよ。鈍いわね、もう」

さらに身体の角度を変え、四つん這いになってから後ろのレイプ魔に振りかえった。

「女に抵抗させず、道具のように犯しまくるなら、やっぱりバックじゃない？」

健児が喉を鳴らした時点で、流れはすでに真子のものである。

理性を失った獣が原始的な姿勢で自分を犯しにくるのを満面の笑みで受けとめた。

はっと健児が気づいたときには、腰砕けの真子がカーペットにへたりこんでいた。淫に惚《ほう》けた虚《うつ》ろな顔で、幸せそうにうわごとをもらしながら。

「ひあぁ……いっぱい、いっぱいぃ……おま×こ、ざーめんでいっぱいぃ……」

彼女の腰はかすかに浮いたまま、痙攣《けいれん》とともに膣内の白濁をこぼした。どれだけ往復したのかわからないほど、純潔だった秘裂はペニスの形にぱっくり開いている。何発出したのか思いだせないほど精液が垂れつづけ、まるで白い滝の有様だった。

部屋にむんっとイカ生臭さが充満してて、息をするのも苦しい。

（やべぇ、熱くなりすぎた……キレちゃったか、俺）

猛烈な後悔の最中においても、健児は冷静になって、どうしたものかと考えあぐねて。

まず、土下座をした。

「ごめんなさい！　俺、責任取るから！」

「責任……？」

ぼんやりと真子が返してくる。その顔を見ることができず、床に額をこすりつけた。

「いくら誘われたからって、人の家でコレはまずいと思います！　ていうかよくバレなかったなぁと感心してるけど、それはともかく！」

やっちゃった以上は仕方ない。覚悟を決めるのが男というものだ。

「結婚を前提としたお付き合いをさせてください！　苦労はさせません！　お金が必要なら学校もやめて働きに出ます！」

モラトリアムは人生の大きな選択肢を決めるための準備期間だが、心の準備すらできてない状態で人生を決定づけるような選択肢を選んでしまった。

しかし悪くない。

鷲尾真子と一生を共にするのなら、むしろ棚ボタというヤツではないかと。

返事はなかなか訪れなかった。

ただ、大きなため息のあとに、衣擦れの音が聞こえてくる。

「……顔あげていいわよ」

見上げると、セーターとスカートの私服に着替えた真子が、おそろしく冷めきった顔で健児を見下ろしていた。

「あなた、なに勘違いしてるの？　レイプした相手と恋愛なんて、エロゲーじゃあるまいし。バカじゃないの？　分をわきまえなさいよ、強姦魔」

「ぐ、ぅう……」

「ぐうの音は出るのね」

「す、すいません、結婚とか調子乗ってました。なんでもします。小指つめろって言われたら、えっと、正直ちょっと勘弁してほしいけど、ガマンします。できれば麻酔アリで。いやスイマセン、甘ったれてました。ノー麻酔でがんばります」

もっと悲惨な人生を選択してしまった気がする。

一時の快楽に流されて、俺は大バカ野郎だ。健児は涙目で後悔に浸った。

やがて「ふうん」と、心なしか楽しげに真子が鼻息を弾ませた。

「本当になんでもするの？」

「はい、足も舐めます」

「ふざけないで！　そんなおいしい役、だれがあなたなんかに譲るもんですか！」

そうだった。マゾなのである。この鷲尾真子という少女は。だから彼女の要望もマゾゾしくて当然なのである。

人生とは言わずとも、青春時代の指針は決まってしまったらしい。普通の恋愛がしたかったのに、もはやそれは手に入らないのだ。

「あなたは今日から私のご主人さまになるのよ！」

イタズラっぽく歯を見せて笑う真子に、逆らうことはできなかった。

☆

しかしながら、考えてみれば役得である。

学校で屈指の美少女と好きなときにハードなプレイができる関係を築いたのだ。男ならだれもが羨む環境である。

「プラスだ、プラスのほうに考えよう」

自分にそういう趣味がないことは、ひとまず置いておこう。

（現状で俺より彼女に近しい男は存在しない。今はただただ変態行為のパートナーであろうと、ただれて腐れた変態関係であったとしてもだ、ふとしたきっかけでラブラブでメロメロなステディタイムが訪れる可能性もあるんじゃないかと、ここは考えてしかるべきではないか）

と、心のなかで大仰なポーズを取って演説する。

健児は初体験の翌日、登校直後に学校の下駄箱で意外なものを見てしまった衝撃に硬直しながら、再起動のため父の教えを実行していた。

これは舞台のようなものだ。演技だ。すべては演技なのだ。だから落ち着け、と健児は自分に言い聞かせた。

（オーケー、落ち着け俺。これは彼女からのプレゼントだ。まさに今の心は歓喜と呼

ぶにふさわしい）

自分の上履きの上に紙袋が置かれていた。なにかのブランド名なのか、隅っこのほうに「M」と洒落たフォントが打たれている。

もしやと思って開いてみれば、なかには一見MP3プレイヤーらしき薄型のプラスチック製品と一枚の紙片が、不気味な予感をともなって現れた。

『通信機です。これから学校ではモールス信号で会話すること』

なぜモールス？

疑問符を打ちながら、内心では薄々勘づいていた。その機械製品が意味するものがなんなのか。

教室ではいつもどおり、自席に座った真子を鶴城たちが取り囲んでいた。宿題がどうだの昨日のドラマがどうだの真子可愛いわマコ最高に可愛いだの、取り留めもない会話に花を咲かせている。チヤホヤされている真子本人はときどき苦笑いをする程度だが。

健児が自分の席につくと、鶴城が一瞬びくりと震えて横目に睨んできた。

「バケモノち×こめ……」

晒し者事件を思いだして、へこんだ。

「お、デカ×ン来た」

「ようデカ×ン、元気か。いや、股間のこと訊いてるんじゃないぞ？」

「どれだけ使いこんだらあんなグロ×ンになるんだよ、テメェ死ね。短小チェリーカラーの俺に謝れ、土下座しろ。そのまま埋まれ、無縁仏になれ」

男子にまでいろいろ言われて机に突っ伏した。

「おっすキングコブラ！　毒液しっかり出してきたかー？」

かりにも女子の菱沼にまで面と向かって言われて泣きたくなった。

小学生じゃあるまいし、どいつもこいつも品がなさすぎる。憂さ晴らしのようにポケットのなかで例のＭＰ３プレイヤー的物体のボタンをいじってみた。

ビクンッと真子が肩を震わせる。

「マコ、どしたの？　顔赤いけど、風邪？　お熱？　あの日？　バケモノち×この気配に純情な乙女として恐怖を隠せないリアクション？」

「ん、んーん、なんでもないですわよ？」

真子の口調があからさまに違う。呼吸も不規則になっているし、よく見れば腰のあたりがもどかしげに揺れている。

ああ、やっぱり。いやな予感が的中した。

投げやりな気分で、そのリモコンらしき物体をいじりまわしているうち、気がつくと授業がはじまっていた。鶴城の心配をよそに、真子は苦しげな顔のまま保健室に向かうこともなく自分の席で震えつづける。
健児は怒鳴りつけてやりたい気分だった。
ローターだかバイブだか知らないけど、学校につけてくるなよ。
健児の携帯電話に真子からのメールが届いたのは放課後になってからだ。
『ものすごいモールス言葉責めでした♡　ご主人さまありがと♡』
適当だったたんですけども。
そんなこんなで、北野健児と鷲尾真子の主従関係ははじまったのである。

ツンマゾ2 ご主人様のクセに野外エッチもできないの！

健児の携帯電話には差出人ＭＳのメールが頻繁に届くようになった。

マイクロソフトでもモビルスーツでもなく、マゾ・スレイブ。鷲尾真子本人の希望による登録名である。

それは授業中であろうとホームルームであろうとおかまいなしに、着信音もバイブ機能も誘発せず沈黙とともに訪れる。着信を確認するのは気が向いたときでいいのだが、健児としてはどうにも気になって授業中でも五分に一度は机の陰に隠した携帯電話の液晶画面に目を落としてしまう。

『ねーねーご主人さま♡　男性器のことはなんて呼べばいい？　ペニス？　おちん×ん？　おち×ぽ？　魔羅様？　エッフェル塔？　愛しの核弾頭？』

ダメだコイツ。

表面上は平素と変わらぬクールなお澄まし顔で担任の話を聞いているのに、頭のなかは中学生男子よりも下品なことでいっぱいだ。

せっかくの美少女なのに。背の低さと胸の大きさが奇跡的にバランスが取れていて、見ているだけでも幸せな気分になれるぐらいなのに。中身が残念すぎる。

大声で嘆きたいところだが、マコマコ団の目が怖いので行動は慎まなければならない。

とりあえず返信。

『おちん×んが比較的可愛くていいと思う』

『可愛いじゃダメ♡　奴隷は卑しい言葉を口にすることで自分を貶《おとし》め、ご主人さまへの敬意を払うものなんだから♡　というわけでおち×ぽ決定♡　お・ち・×・ぽ♡』

「なんでそうなるんだよ！」

思わず叫んだ結果は、当然のように教師からの注意である。

「オイ北野、今の話聞いてた？」

「えっと、エッフェル塔と核弾頭」

いつもジャージのクラス担任はホームルームからフランスの建築物と大量破壊兵器の話題を持ちだすほどユーモアセンスにあふれた女教師ではない。わかってはいるが、それでも口走ってしまうほど真子からのメールは健児の動揺を呼んだ。

こんな調子で今日の行事が乗りきれるのかと、今から冷や汗がとまらない。

「今日の清掃ボランティア、北野と鷲尾のふたりは大くま川公園。次に同じこと言わせたら先生マジギレするから」

教師の苛立った視線以上に、後ろからの毒ガスみたいな殺気に息がつまる。たぶんふたつ後ろの席の鶴城が、もし真子に手を出したら殺すぐらいのことを考えているのだろう。

携帯電話にMSからメールが届いた。

『野外』

なんで突然2文字なのか。よくわからないが、興奮しすぎて文字も打てなくなったのかもしれない。

万が一、真子となにかしているところを鶴城に見つかったら、本物の毒ガスを吸わされるかもしれない。

生命の危機は、今まさにそこにあった。


清掃ボランティアは月に一度の学園行事である。

昼休みの後にふたり一組で街に繰りだして、決められた区域を放課後まで清掃する。

通例は同性ふたりで組になるものだが、健児のクラスは男女それぞれ奇数名であり、必然的にひとりずつあぶれてしまう。

「まったく困ったもんだわ。先生も少しぐらい気遣ってくれてもいいじゃない。なんで私が、よりにもよってご主人さまと一緒なのよ」

「お願い、外でご主人さまって言わないでください……」

健児は大くま川公園を見まわし、だれの気配もないことを確かめた。児童公園のはずだが、幸いにも未就学児童を連れた主婦なども見当たらない。

「鶴城の担当区は相当遠くだし、気配もしないわ。ほかの団員もうまいことバラけてるみたい。これはもう、アレね。先生は私の身の安全なんてコレッぽっちも考えてないってことね。寒空の下、可愛い教え子が股間走《こかんばし》ったケダモノ野郎の獣欲に晒されてもべつにかまわないってことね。最低だわ、ケダモノ」

「股間走るってまた器用な日本語だな」

「あんたの股間ならパワフルに全力疾走してきて女の股に体当たりしてきても違和感ないわ。あーコワイコワイ」

「おまえの発想がコワイよ俺は」

メールとの態度の違いに驚かされる。ご主人さまに対する敬意はどこにいったのだろう。それでも、突き放すような厳しい目をしながらムフッと興奮気味に鼻息を荒くする真子は本当に器用だなぁと、健児は少しだけ感心した。

寒さの厳しい季節である。コートを着てこなかったので風が染みる。少しでも体を温めようと、せわしなくホウキを揺らして枯れ葉を集めていく。

真子は水色のダッフルコートを着ているし、隙間風の染みそうなスカート姿とはいえストライプのオーバーニーソックスは見るからに温かそうだ。それでもたまに肌寒さを感じるのか、火バサミでゴミを拾ってポリ袋に投げこむ作業の合間にぶるりと身震いをする。

「さむいなー」

ちらちらと健児のほうを見ながら、一文字一文字をはっきり発音する。

いろんな意味でわざとらしい。

「あったまることってないかなー」

ホウキで殴ってやったら正気に戻るだろうか。

「ホウキの先でつつこうなんて思ってないでしょうね」

「思ってない！」

ついつい怒鳴ってしまった。真子は眉を吊りあげて不満げな態度を隠しもしない。

「冷静に考えてみなさいよ。言ってみればホウキの先端って針の山じゃない？　このところ寒くて乾燥してるから、ちょっとしたかすり傷でもすごく痛いでしょ」

「そりゃあたしかに小さい頃半ズボンで野っ原駆けまわってたら、草が生足をかすめただけで妙に痛かったけど」

「ゆえに！」

「したくない！」

「じゃあどうしたいの？　ああ、外からかすり傷が見えようものなら鶴城にうるさく言われかねないから、見えない場所をザクザクッと」

「しない！」

眉こそ吊りあがっていれど、被虐的な発想を口にする真子の目は、流れ星をちりばめたみたいにキラキラしていた。

可愛いのに。本当に美少女なのに。なぜこんな可哀想な脳味噌をしているのだろう。

「真子っていつもそんなこと考えてるのか？」

呆れ半分にもらした言葉がいけなかった。

輝いていた目が不機嫌そうに尖りだす。

「呼び捨てとはいい気なものね」

「あ、いや、ごめん……あのときの調子で、つい」

「調子に乗るならエベレストより高みを目指しなさいよ。奴隷の呼び方なんてブタとかクズとか便利な穴とかで充分でしょ」

「お願いだから普通に掃除しようよ、鷲尾さん」

「ふん、これが放課後だったら五時間使ってご主人さまの心得を教えてやるところだわ。そのあと倍の時間をかけて報復希望。グーで殴ってもいいわよ？」

聞くだけ無駄だと悟って、掃除に集中することにした。枯れ葉とゴミをホウキで一カ所にまとめ、そこに重たく息を落とす。

やっぱり、鷲尾真子はおかしい。かつて彼女に抱いていたイメージとはまるで別人だ。多少の特殊性癖なら許せるところだが、いくらなんでも度を越している。

できればもっとラブラブしい関係を築きたい。ちょっと目が合っただけでお互いに頬を赤らめ、ついつい視線をはずしてしまうようなキュンとくる関係を。

「形だけでもいいからさ……休日にショッピングしたり、ファミレスで昼飯食って映画観て、はにかみながらバイバイとかできない？」

「却下。なにそのカップル的な妄想。頭ふやけてるの？　ご主人さまっていうのはね、触れる奴隷《もの》みな傷つけるハリネズミみたいな生命体を言うのよ。あ、でも映画はいいわね。猟奇殺人映画観ながら要所要所で私をつねるような。チェーンソーがギャリギャリ音をたてるシーンでは思いきり引っかくの」

「そんなプレイいらねぇ……」

掃き溜めにふたたび嘆息。吐息が枯れ葉を撫でるより早く、湿った布がべちゃりと落とされた。クシャクシャになった布の柄は、白と水色の縞模様である。

「寒ッ……冬の風が染みるわ」

「なんでパンツ脱ぐんだよ！　どういう脈絡だよ！」

「鶴城の監視なしでご主人さまとふたりきりの野外なんて、めったにありえない状態じゃないの！　これは脱がざるをえないでしょ！」

「わからんよ！　一ナノもわからんよ！」

「なんか文句あるか！　こちとら野外露出にも興味津々のお年頃なのよ！」

猛然とまくしたてたかと思えば、頬を赤らめてツイッと目を逸らす。

「念願の、はじめての主従関係なんだから、ちょっとぐらい浮かれてもいいじゃない」

セリフは一〇〇％変態なのに、仕種が可愛らしい。反則的に、効く。上から見下ろす身長差のせいで、小動物的な可愛らしさすら感じた。

ちょっとしおらしくされただけでキュンとくるのは男の悲しいサガなのか。

(浮かれてるなら仕方ないかな……女の子だって性欲ぐらいあるだろうし、この子の場合は趣味がちょっと、うん、まあ、ちょっとヘンなだけだし)

赤らんだ頬に比べ、太腿は心細げに震えている。やはり下着を脱いで寒いのか、それとも肉欲のうずきを隠せないのか、どちらにしろちょっぴり可哀想に思えてきた。

はぁーと息をつく。呆れているけど、仕方なく。そんな雰囲気を出さないと、これからの行動に対する羞恥心を抑えきれない。

「ちょっとだけだぞ」

意を決して彼女の手を引き、その手の小ささにあらためて罪悪感を抱く。

だからと言って今さらあとには退けない。

「ふ、ふん、それでいいのよ、ご主人さまのくせに呑みこみが悪いわね」

真子はよくわからない意地の張り方をしていた。


滑り台のある砂場とだだっ広い草原の間に、雑木を植えた十メートル四方ほどの草むらがある。真子はそこに連れこまれ、木の幹に押さえつけられた。

悪くないロケーションだ。外から完全に姿が見えなくなるわけではないが、周囲に気を配っていればいざという時に対応もできる。

(私はイキまくって気づくもクソもなくなるだろうけど、ご主人さまがいるからたぶん、まあだいじょうぶ)

今はとにかく無心で楽しみたい。肌寒い木陰で意地悪されて、悔しいけれど快感に身を熱くしてしまうような嬉し恥ずかし凌辱体験を。

健児も踏ん切りがついているようで、ぐだぐだ言ってまわりを気にすることもなく、小さな肩を強引にわしづかみにする。

「下、脱いでるから寒いだろ」

「寒いとこでガクガクするのも、わりとご褒美《ほうび》です」

「もっといいご褒美やるから」

大きな手が寒さに縮まった肩から腋《わき》に滑り降り、その手首が柔らかな双乳を左右から挟みこむ。ダッフルコート越しとはいえ、かすかな刺激に胸が弾んだ。

「ふ、ふん。ご褒美よりもお仕置きのほうが犬は悦ぶのよ」

「どっちにしろ気持ちよくなりたいだけだろ?」

ぐ、と股の間に膝が差しこまれてきた。剝き出しの女陰が健児の太腿でスカートごと押しあげられると、豊かな湿りでクチュリと音がたつ。膣肉の熱をそのまま帯びた愛液が、風を受けて冷えきったズボンをすぐさま温めた。

「んっ、ふぅ……あっ」

膝蹴りぐらいしてくれてもいいのだが、小刻みに秘唇をこねるような動きもそれはそれで心地よい。どちらかと言うと電車の痴漢にふさわしいテクニックのような気もするが、コートのなかに手を入れて乳房の表面を手のひら全体でなぞられると、全身が熱くなって否応なしに期待感が高まってしまう。けっして乳房を握りしめることなく焦らすばかりの撫で方に、下腹が煮えたぎってしまう。

「あんっ、はぁ……んっ、んっ、ふわぁ」

とろけた声が鼻を抜け、枯れ葉まじりの草むらに染み入る。

「声はガマンな。だれかに聞かれたら置いて逃げるぞ」

それはそれでドキドキする展開ではあるが、口に手をかぶせられると、強引さというか無理やり感というかレイプっぽさに酔いしれて、「ああ、従わなきゃダメだわ」というマゾ犬根性がかきたてられてしまう。

「はい……ご主人さま」

頭のなかでスイッチが入ったので、意地っぱりな態度も取れそうにない。その気配を健児も嗅ぎとったのか、少し大胆になってブラウスのボタンをはずしだした。息も荒くて実にケダモノ感たっぷり。健児も完璧にスイッチが入っているようだ。

ブラウスの前が開かれると、水縞模様のブラジャーに覆われていない乳房の上面が外気の冷たさに鳥肌を立てる。

「もし人が来たらコートの前閉めて隠すんだぞ」

「う、うん、それはいいけど……なんていうか、思ってたより寒いのね、野外露出」

腹と首筋を氷で撫でられたような錯覚に、ぶるりと大きく震えた。

「どうせすぐ熱くなるくせに」

「ん、まあね……せっかくだから全部出しちゃう」

真子はみずからブラを胸の上にたくしあげ、美麗な白い膨らみをさらけだした。

（わ、我ながらこれは痴女っぽすぎる……？　ううん、でもご主人さまの目つきもなんだかいい感じにエロエロしくなってきたから問題なし！）

食いつくような目で見られると、否応なく次になにをされるか想像してしまう。やってきたのは右手の指だった。下乳のたわみが人差し指で持ちあげられ、皮下脂肪の重みと粘っこい汗でゆっくり滑っていく。

「触ってる端から熱くなってるな。見られるかもしれないのがそんなに嬉しい？」

緩慢な手つきにサディスティックな焦らしの意図が感じられた。絶対にこの男は性根がSだ。無味乾燥だと思っていた顔が、どんどん立派なご主人さまに見えてくる。

「んはぁ……ふっ、んっ！」

「ほら、全然声が殺せてないぞ」

こそばゆい圧迫感が下乳から滑って辿りつく先は、昂揚のあまりぷくっと盛りあがった乳輪と、今にも飛びだしそうなぐらい突起した乳首だった。最後はピンッと指で弾かれて、心地よい電撃に乳腺が灼ける。

「くひっ、はぁ……！」

顎を跳ねあげた拍子に後頭部を木で打ってしまったが、その痛みよりも乳肉が思いきりねじあげられた痛悦に感じ入ってしまう。

「バカみたいに感じて……そんなに人に見られたいなら教室でこの下品に育ったオッパイ剝きだしてみたらどうだ？」

（きた！　言葉責めきた！　これはイケる！）

どこまで才能豊かなのだろう、この地味男は。

童顔や短身に比べて胸が下品に育ちすぎていることは、年頃の女の子として悩ましいかぎりである。そのことを責められ、人差し指と親指で乳先をねじり潰されるという行為は、明らかにただの愛撫ではない。

Sだ。いじめだ。キュンときてしまう。

「ひんっ、あぁん、でも、でもぉ……教室は、さすがに、はずかしい……！」

「喜ぶ男子は多いだろうし、おまえの性根が変態マゾ女だってわかったら、マコマコ団の連中も愛想尽かしていじめてくれるかもしれないぞ」

「でも……鶴城も、菱沼さんも、よっちゃんも、友達だから」

あの取り巻き連中はたしかに面倒くさいが、数少ない友人であることも確かなのだ。

彼女たちの前で男たちに弄《もてあそ》ばれ、よがり狂うような事態は、想像するだに——困ったことだが、どうしてもキュンキュンきてしまう。

「……やっぱりうっとりするんだな、マゾ的に」

健児は呆れ気味に嘆息した。というか、ドン引きしそうな一歩手前で踏んばり、無理やり気力を搾りだすための吐息にも思えたが、真子は見なかったことにした。

彼の左手がスカートのなかに入りこみ、うずきのやまない秘裂をいじりはじめてくれたことが、今はなにより嬉しかった。

「んはっ、あん、そ、そうなの……私、マゾだから、ひどい目に遭うこと想像したらたまんなくなっちゃうの……」

M根性にトップギアがかかろうとしていた。淫欲の裂け目は妄想に茹《ゆ》だってわななき、侵入してくる二本の指にむしゃぶりつく。たっぷり愛液を絡めて、自分をこすってくれることに「ありがとうございます」の念をこめて、襞の一枚一枚でご主人様の爪と皮膚に吸いつくのだ。

「うわっ、指伝って甲まで垂れてきた。ついこの間まで処女だったのに、いくらなんでも感度よすぎないか？」

「だって、んくっ、だってぇ……！　あぁん、あのときのこと思いだして、時間があったらオナニーしまくってたからぁ……！　ふんっ、あはあぁッ」

二本指を抽送されると、襞肉が痺れるあまりに口を閉じることもできなくなった。くちゅくちゅと股の鳴く音を聞き、自分が加速度的に堕ちていく実感を味わいながら、上のほうから健児の顔が降りてくるのをぼんやり見つめる。

ああ、顔が近づくということは、口も近づいてくるということで。

キス、されてしまうらしい。

はっと目を覚まし、口と口の間に手のひらを差し挟み、顔を逸らした。

「ま、待って……キスは、ダメ！　恋人みたいで、なんか、ダメなの……！」

あからさまに健児が悔しそうな顔をしているが、これぱっかりは仕方ないのだ。

ご主人さまはご主人さまであって、恋人ではない。

恋人は相手をいたわり、優しくするものだが、ご主人さまは相手を顎で使っていじめるものなのだ。

「そっか……オマエは股ぐらだけほじくってもらえば満足な淫乱だもんな。恋人とか恋愛なんて邪魔なだけか。わかったよ、真子が変態ってことは」

健児は不機嫌そうに顔をしかめているが、ある種の期待を隠せずに乳房をこねまわし、指淫の速度をあげた。わざわざ体重をかけて木に押さえつけられ、強引な愛撫で快感を刻まれると、マゾヒスト特有の気分がどんどんかきたてられていく。

すなわち、もっといじめてほしい的な気分。

「あぁん、ヘンタイだから、キスよりいじめられたいですぅ……！」

自然と敬語を吐きながら、腰をよじって愛撫を誘う。

「くそッ、ファーストキスより先にＳＭ強要されるほうの身にもなれ！」

公園に響くぐらい声を大にして、健児は親指の爪を乳首とクリトリスに立ててきた。

「ひゃうぅっ、あぁん、いいぃ、痛気持ちいぃぃ……！」

痛みまじりの性感刺激は真子の神経をたやすく溶かし、声も表情もだらしなくトロけたものに変える。足腰も愉悦にかまけて今にも崩れそうなので、健児の首にしがみついて必死に堪えた。ここでへたりこんだら、彼の指が離れてしまう。もうちょっとでイケそうなのに、そんなもったいないことができるはずがない。

(外で、ご主人さまの手マンで、初アクメぇ……！　早く、はやくぅ！)

マゾ奴隷の意図を察したのか、本能のままの行動か——健児は空いていた片乳の先にかじりついた。わざわざ真子から見えるよう唇をかぶせず、剝きだした白い歯を乳首に立てたのだ。

「はあんッ、んぅぅ！　んーっ、んんーッ！」

鮮烈な痛みがめくるめく悦楽感に変わり、膣肉にまで爪を突き立てられて全身が痙《けい》攣《れん》した。しばし関節という関節を固くし、肉蜜が勢いよく噴きでるほどのエクスタシーを全身全霊で咀嚼《そしやく》する。

実にマゾヒストらしい絶頂感であった。

痛くて、気持ちよくて、一方的に押しつけられるような快感。

「あぁぁ……イッちゃったぁ……」

「みたいだな。野外なのに、思いっきり声あげて」

健児に手を離されると、木の幹に預けた背中がずり落ちていく。股ぐらと彼の指の間で愛液の糸が長々と伸びたかと思うと、途切れた途端に腹や乳房に滴り落ちた。

やはり外はよい。余韻が長々とつづいて、冬の冷たい風に負けじと内から熱情が湧いてくる。これは心のなかにメモしておこう。

寒い日でも野外プレイはやってみる価値アリ、と。

一息吐くと、少し見上げた場所でズボンの前が硬く隆起していた。

「ご主人さまぁ……おおきくなってますよ?」

えへへ、とイタズラっぽく見上げてみる。健児はまだちょっと不満そうにしていたが、自分のもっともたくましい部分が可憐な相貌のすぐそばにあることを理解して興奮の生唾を呑んだ。

どれだけ卑しいマゾ女であろうと、顔立ちは愛くるしいほど整っている。おまけに、吊り気味の大きな目が肉欲にとろけると、子供っぽい造作がたちまち娼婦のような妖艶さを帯びる。よほど好みのタイプからはずれていないかぎり、男なら心を惹かれて当然の蠱惑的な表情だ。

「苦しいなら……命令、してください。なんでもします、私は奴隷ですから」

絶頂直後の奴隷宣言。しかも野外。眼前には脈打つズボン。

男なら、こうきたらアレを求めるに決まっている。いわば誘導尋問に近い。健児の言葉はおおよそ真子の狙いどおりであった。

「キスがダメでも、別のことにならその口使ってくれるよな?」

ジッパーを降ろす仕種に緊張と興奮の震えが見てとれた。真子の細腰にも同じ震えが宿っている。ズボンの狭間から赤銅色が飛びだしてきて、粘っこい熱風で額を叩かれると、被虐的な予感に背筋が総毛立った。

「すごい……やっぱりご主人さまのおち×ぽ、グロくてかっこいい……」

醜い造形が許される、世界で唯一のものがペニスではないだろうか。張りだしたエラと少し弛んだ包皮、太く浮きでた血管。脈動する様は得体のしれない怪虫のようだし、午前中の体育で熟成された汗くさささは鼻にツンとくる。

「ご主人さまのおち×ぽ、動物みたいな匂いがします……女をいじめるのが大好きなケダモノの匂い……」

頭が痺れる。従属したい。そう思える。

ドSの素質が凝縮されたような見事な造形に、雌の本能は一瞬で屈服してしまった。

「はぁ、ご主人さまぁ……私、はじめてだけど、がんばって奉仕させていただきます……お口のはじめて、ご主人さまに捧げますから、気持ちよくなってくださいね」

「う、うん、頼む」

健児は印象の薄い小さな目を蝶番《ちょうつがい》の壊れたドアのように大きく見開き、ツインテールのよく似合う可憐な童顔が淫らに口舌を晒すのを凝視している。

彼によく見てもらえるよう、真子は上向き加減であさましく口舌を突きだし、少し顔を傾けて濃い匂いを放つ裏筋に吸いついた。

「ぁッ、ぉお」

男が喘ぐほど敏感な逸物をはむはむと唇で甘噛みしながら、真子は淫靡《いんび》な達成感を味わっていた。

(や、やっちゃった……! 公園で初フェラしちゃった!)

たちまち口内がすえた肉の臭気に満たされていく。吐き気を催してもおかしくないのに、大量の唾液が溢れだして舌と唇のかすかな動きにも媚音をたてる。

鼻でフゥフゥと荒っぽく呼吸し、いったん唇を離した。

「ちゅぷっ……ふあぁ、おち×ぽすっごい強烈な味……」

「そりゃまあ、排泄器官も兼ねてるから」

「おしっこする場所って……こんなにおいしかったのね」

「そっちかよ……」

不味いはずなのに、美味しくてたまらない。口が勝手に動きだす。突きだした舌で裏筋から下降し、尿管の膨らみを切り刻むように蛇行していく。ペニスの味が味蕾に蓄積され、薄汚れた匂いが口内に染みつくのを感じるにつれ、フェラチオの摩擦感そのものが心地よく感じられた。

根元まで辿りつくと両手を肉茎の根元と真ん中に添え、切りかえして再上昇する。

「あちゅっ、じゅるぅ、れるっ、むちゅぅ……はあぁ、フェラチオたのしい……」

「んっ、ぐぅ、これは、むず痒いような感じが気持ちいいなぁ」

垂れ落ちてくる唾液を掬うようにして舐めあげていく。裏筋のコリコリする感覚を楽しみ、舌を大きく回転させせて亀頭全体を舐めまわした。筋張った幹と違って、膨張した赤い粘膜はツルツルして滑りやすい。ちょっと気を抜くと何時間でもテロテロと味わっていたくなる。心なしかアンモニアくさい排出孔も悪くない。

細顎から喉にまでヨダレが滴り落ちても、真子はとまれなかった。

「どんだけチ×ポ好きなんだよ……こんなエロい顔でフェラする女、AVでも見たことないよ」

「ちゅるっ、あぁん、当然でしょ。だって私、仕事でフェラしてるわけじゃないもん。エロいことが好きで好きでたまらないからおち×ぽナメちゃうんだもん……！」

こんなセリフを鶴城が聞いたら、たぶん卒倒して病院に運ばれる。

フェラチオというのは基本的に能動的な奉仕であるためか、M性よりも淫乱性のほうが先立ってしまう。そんななかでも、ご主人さまの視線に晒される感覚には被虐の色が強い。卑猥な行為を見下ろされていると、プレッシャーで子宮が熱くなる。

（そう、もっと見て！　公園で初フェラしちゃうヘンタイな私をもっと見下して！）

昂りに押され、ふたたび唇をペニスにかぶせて亀頭を咥《くわ》えこんだ。

「んぶっ、あぁあ、おっひぃおぉ……」

口蓋を持ちあげられ、顎がはずれそうになっても口淫の悦びに目覚めた心はとまらない。むしろ口内粘膜でじかに雄の脈動を感じて、いっそう猛り狂うものがある。

このまま、二度と口から出したくない。ずっとしゃぶっていたい。そんなふうに思えるぐらい、醜く大きなペニスがいとおしかった。

「ちゅっ……ぶちゅっ、んーっ、んふっ、おいひ」

「お、おお、吸いついてきた。ほんとにはじめてなのかよ、これで……！」

健児は口淫の愉悦に耐えきれずに膝を笑わせ、拠《よ》り所《どころ》を求めて真子の頭をつかんだ。軽く引き寄せられて亀頭が喉に届きそうになるが、息苦しさにぼぉっとするのも真子にとってはご褒美である。

ますます行為に熱をこめ、唇を尖らせて頬肉を窄《すぼ》めた。

「ちゅぽっ、んっ、ぢゅぢゅっ、ぢゅるぅぅ……！」

唾液でドロドロの口腔で締めつけ、頭を前後に揺する。ＡＶで見たのと同じテクニックで自分の口を性器に見立てて使ってみると、効果覿面《てきめん》に健児が悶えだした。顎を跳ねあげ、少女の頭皮に爪を立て、今にも濁ったエキスを放たんばかりに逸物を躍らせる。

「あぁ、きもち、いぃ……！」

「んふ……うれひぃ、ふぢゅぅ、れしゅ」

自分の奉仕でご主人さまに悦んでいただけるのはこの世で二番目に嬉しいことだ。一番は粗相をしてお仕置きされること。

鷲尾真子はすっかり下僕行為に病みつきだった。酩酊しすぎて、まわりのなにもかもがどうでもよくなるぐらいに。だから呼びかける声が聞こえてきたときも、気づくことなくバキュームフェラをつづけていた。

「おいコラぁ、北野に鷲尾ぉ！　サボリは後日居残りで再清掃だぞー！」

木々と草むらの衝立を隔てて、ジャージの担任教師ががなりたてる。

「や、やばい……！」

動揺した健児が力の入れ具合を間違ったのか、真子の頭は思いきり引き寄せられた。

「ぐっ！　ぼぷぅぅっ」

鋼の肉杭が口内をぐりぬけて喉を穿《うが》つ。予想外のタイミングで、頭を引く暇すらなかった。あったとしてもおそらく受けとめたであろうが、油断しきった喉肉を熱感で塞がれ、湧きあがる嘔吐《おうと》感《かん》すら無理やり押しこめられてしまう。

脳髄が泡立って、目の前が白くなった。小鼻をくすぐる陰毛も気にならない。

「あちゃー、アイツらがサボリとは誤算だったなぁ」

なにも考えられず、ただ教師の声と健児のうめき声が耳から耳へと抜けていく。

苦痛ではない。至福の停止時間であった。

（あぁ……！　喉の奥まで、奴隷にされちゃってる……！）

無意識にぢゅるっと音をたてて肉棒を啜った瞬間、トドメのマーキングが行われた。

沸騰しているみたいに熱い流動物が喉に直接流しこまれる。食道に膜が張るほど濃厚で、数滴で胃袋が重たくなるほどたっぷり種を含んだ肉汁だ。

そのときには多少なりとも意識が回復していたので、真子は歓喜に健児の腰にみずからしがみついた。

「ちょ、ちょっと……！　押さえつけたら、喉が……ていうか先生、まだいる……！」

弱気の健児が自分で腰を引いたら興ざめなので、ますます強くしがみついた。

最後の一滴まで、真子はそれを呑みこみたかった。嚥下《えんか》のために喉を蠕動させて、自然と亀頭を揉みこんで射精を誘う。

流しこまれた肉汁の性臭が胃袋から鼻にまで逆流した。体内の隅々まで雄のフェロモンに支配されているようで、雌奴隷冥利に尽きるというものである。

（んあぁ、ステキぃ……！　ご主人さまのち×ぽ奴隷になっちゃうよぉ。胃袋で消化されなかった精子が、血管に乗って頭のなかにまで入りこんじゃいそう……！）

舌と頬と喉を痙攣《けいれん》させて男根に奉仕をつづけていると、息苦しさに少しずつ頭がくらみだす。喉から胃袋への流動感は途絶えることなく、子守歌のように意識を闇に誘った。

「なんでこんなとこにパンツ落ちてんだ……？」

見まわりの教師がその言葉を最後に立ち去って、健児はようやく安堵することができた。

「ふう……も、もうだいじょうぶだ。それにしても、お、おぉ、こんなに吸いまくるなんて大したチ×ポ好きだなぁ」

顔にびっしり浮かんだ汗をブレザーの袖で拭い、射精を終えても吸引をつづけられる快感に深くため息をつく。肝は冷えたが見つかることはなかったし、生臭い精液を全部呑みほしてくれたのはやはり嬉しい。

頭を優しく撫でてやったが、無反応なことに気づいて彼女の顔を見やる。

まぶたは閉ざされていた。口はもごもごと動いているが、首は力なく横に倒れているし、さっきまで腰に食いこんでいた腕もだらりとぶらさがっている。

気絶中でいらっしゃるようだ。

「おわっ！　ご、ごめん真子！」

あわてて腰を引くと、まだ二割ほどしか萎えていない逸物が白っぽい汁糸を無数にまとって抜け落ちる。精液というより、泡立った唾液のように見える糸が、剝き出しの白い胸にこぼれて、ようやく真子は目をぱちくりとさせた。

「あぅ……んぐっ、ごほっ、ごほっ、ごしゅっ、じひっ、さばっ」

「喋らなくていいから。気管支に入ってないか？　呼吸はちゃんとできるか？」

むせかえる真子の背をさすってやる。熟れたトマトみたいに顔が赤い。さすがに喉奥零距離射撃は人体の構造上無理がありすぎた。

気持ちよかったけど、イラマチオだけはもう二度とやるまい。本当に気持ちよくてビックリしたけど、そもそも野外であんまりムチャすべきではなかったのだ。

真子もさすがにつらいのか、咳が収まっても涙目で顔をうつむけていた。

「あうぅ……せっかくぜんぶ呑めたと思ったのに、ちょっと吐きだしちゃった」

たしかに泡立った唾液ばかりでなく、独特の粘り気を持った精液も口から何本かの筋を引いている。

「マゾ奴隷の名折れ……ごめんなさい、ご主人さま。せっかく出していただけたのに……便器のくせにちゃんと呑みこめなくてごめんなさい……お仕置き、しますよね？　せざるをえませんよね？　野外だろうと知ったことかと鬼畜の快進撃を」

許しを乞うような上目遣いのくせに、瞳は期待感でキラキラ。まるで水鏡のように透きとおっていて、内なる想いをあらわにする。

「いや、真子はよくやってくれたよ……最高の便器だった。だからそろそろ掃除に戻ろうな？　後日やり直しなんて冗談じゃないぞ」

むぅーと不満そうにむくれる真子であったが、パッと顔を輝かせた。

「最高って言いましたよね？　ベスト便器ってことですよね？」

「ああ、ご褒美《ほうび》をやってもいいぐらいだ」

思わず口が滑ってしまった。

「それじゃあご主人さま……お願いして、いいですか？」

にひぃ、と真子は人の悪い笑みを浮かべた。


せっかく昂った気持ちをハンパに引きずって、野外プレイを中断させるなど言語同断である。

やるからには徹底的に。その信念のもと、真子は勉強もスポーツも学年トップクラスをキープしているのだ。もちろんヘンタイ行為でも手を抜くつもりはない。

「バ、バレる……！　これはバレるだろ、絶対に！」

ブランコに座って挙動不審にまわりを見まわす健児を、真子は意地悪く見下ろした。

ジッパーからはみだした逸物はそのままで、真子は彼の膝をまたいで座ろうという体勢である。尖り立った剛直の真上に秘裂の位置を合わせるだけで、否応なしに結合の快感を想像してしまって身体が熱くなった。

「ブランコに乗ってエッチするってご褒美でしょう？　男なら覚悟しなさいよ。かりにもご主人さまなんだから」

全裸で楽しんでもよいのだが、万が一を考えてダッフルコートの前は閉めてある。コートはスカートより丈が長いので、真子が上になる体位なら結合部を覆い隠せる。これぐらいの譲歩は仕方ない。健児がドン引きしたら元《もと》の木阿弥《もくあみ》なのだから。

「この体勢なら、もし、万が一、だれかが来たとしても、一緒に遊んでるだけにしか見えないから平気平気」

「それはさすがに無理があるだろ！」

「近所の小学校もまだギリギリ終わったか終わらないかの時間だし、子供たちが遊びに来るまでに、私がんばってご主人さまをイカせてあげますから」

これだけ言っても渋っている彼に歯がゆさを感じ、ピシャリと言い放つ。

「……私の喉、犯したくせに」

「いや、それは、そっちが勝手に……」

「気絶しても気管塞いでどぴゅどぴゅ出しまくってたくせに」

「その、あの、ええとですね……ごめんなさい」

情けないご主人さまの腰をまたぎ、真子はニッコリ微笑んだ。口もとには熱い呼吸がともなっている。秘裂も熱い蜜を帯びて爆発しそうなぐらいうずいている。イラマチオによる失神で興奮が途切れるようなことはなかった。

健児の逸物も真子が交合をおねだりしたらすぐに全開まで勃起してくれた。結局彼も、自慢の巨根が求めるままに女を犯したいのである。

(男だもん……可愛い女の子がいたらレイプしたいに決まってるわよね)

外見にはそこそこ自信があるので、臆する必要はない――そんなふうに自分に言い聞かせ、一抹の不安を心の片隅に追いやる。

その不安の正体がなんなのか、自分でもよくわからないまま、少しずつ腰を降ろしはじめた。

「犯すなら喉だけじゃなくてココもちゃんとお願いね、イラ魔恥王さま」

「なんだかものすごいあだ名をどうも……」

彼の両肩に手を置き、姿勢を低くする。くちゅりと粘膜同士が触れ合うと、さっそく真子の情欲は爆ぜて狂った。

「くっ、んはあぁっ……下からレイプぅ、ブランコで強姦んぅ……!」

愛液の滴る紅色の肉穴が、まずは一息に亀頭を呑みこんだ。柔軟性を持った丸い部分はスムーズに入るが、鋭く切りかえすエラ構造は入り口に引っかかってしまう。無理やりねじこむと、内襞が削ぎ落とされるような肉悦で腰がよじれた。破瓜《はか》からさしたる時間も経っていない膣口の窮屈さと、潤沢な蜜液の滑りの兼ね合いは、M気質にとってちょうどよい圧迫と摩擦を生みだしていた。

「あ、相変わらず狭い……！」

「だってご主人さまがぶっといからぁ……！　やっぱりご主人さまのおち×ぽは奴隷調教の王様ぁ……！　服従したくなっちゃうよぉ！」

ぐぢゅぢゅと派手に音を鳴らしながら、カリ首の下もしゃぶりこんでいく。深海魚のようにグロテスクな男根がのたうちまわり、腰が振りまわされそうになる。まだピストンもはじまっていないのに、脈動だけでこんなにも暴力的なのだ。喜悦のあまり柔襞が総毛立って過敏化し、前進中のカリ首にぬちぬちと絡みつく。

「ぶっといぃ、熱いぃ、最高ぉ……！　これ好き、入れていただくの大好きです、ぐちゅぐちゅこすられるの病みつきになっちゃうぅ……！」

はじめての時は痛みと快感に無我夢中だったが、今でこそはっきりわかることもある。

真子の膣内においては、襞の一枚一枚から細胞のひとつひとつまでが、健児のペニスに魅せられている。処女を散らし、喉奥まで犯してくれた男根が、愛しくて美味しくてたまらなくて、上下の口からヨダレがとまらない。

ふたりの間に挟まるコートとスカートを手間取りながら手で払っていると、膣奥がまだかまだかとうずきを訴える。子宮が精子を求めて早くも降りてくるのが、うずきのひろがりとともに感じられた。

「んくっ、あふぅ、もうすぐ、もーすぐ子宮口に当たります……もーすぐ、もーすぐ、おち×ぽごっつんこぉ……！」

「な、なんか真子ってエッチしてると精神年齢さがってない？」

「だって、だってぇ、気持ちいいとなんも考えられない、もんッ」

健児の肩を支えにして、姿勢を一気に落下させた。待ち受けていた子宮口が直撃と同時に押しこまれ、粘膜のこじれる快感で横隔膜までが震撼する。フルートのように華美だった声が、ひ、ひ、と引きつれた淫声に変わった。

「その声はマズイよっ、だれかに聞かれたら絶対に気づかれる！」

「んひっ、ひんっ、へ、ヘンになってるのはホントだからっ、あんんッ！　狂っちゃうよぉ、これ入ってると狂っちゃうぅ！」

少し腰をよじっただけで下腹の血液が蒸発するほど熱くなる。たまらなくなって彼の首にきつく抱きついてしまった。

（あっ……やっぱり大きい）

股間はもちろんだが、首や肩の作りが女の子とは段違いに大柄でゴツゴツしている。パッと見は中肉中背でも、真子程度の華奢《きゃしゃ》な女子と比べれば充分にたくましい。

男と交わっているのだと再確認させられると、小さな身体が熱くなって、胸板に押しつけた乳房の先も情熱に膨れあがる。乳首が裏地でこすれた快感に駆られ、腰骨と筋肉が躍動をはじめる。

「あっ、あっ、熱いっ、気持ちいっ、いいぃっ、あっ、あっ、あんっ」

「あ、あんまり動くな！　抱きつくのは嬉しいけど、腰振ったら言いわけできない！」

だからアンタのチ×ポがすごすぎるからでしょうと言ってやりたいところであったが、小賢しい口を利くような余力はすべて爛熟した膣肉に奪われている。口から出るのは子宮口を突かれるたび自然とあふれる本能的な悦声ばかりだ。

密に繁茂した細かな襞肉が、灼けて蕩《とろ》けて肉汁を逸物に絡みつかせ、いっそう抽送を加速させる。

「んっ、あっ、あーっ、あーっ、あああーっ！」

そうだ。この感覚なのだ。かきまわされた場所から意識のすべてを吸い取られるような、狂気じみた快感。ブランコの鎖が耳障《みみざわ》りなきしみで聴覚を塞ぎ、残された神経がますます股間の愉悦に集中していく。

「こ、この、動くな！」

臆病な健児は苦しまぎれに真子の柔尻をコートごとつかみ寄せてきた。根元までくわえこみ、女の最奥と男の先端が密着したまま固定される。

そんな状況でも腰が跳ねないはずがない。押さえつけられているせいで小刻みな痙《けい》攣《れん》にしかならないが、極太で拡張されているうえに欲深な子宮はぐちゅぐちゅと亀頭のディープキスを受けてしまう。一点集中の刺激がつづいて子宮口の感度が急上昇し、奥から溢れる本気汁と男の先走りが亀頭でぐちゅぐちゅと練りこまれ、泡立っては弾けていく。

「んあぁあッ、ぁあぁぁぁー……！　これはこれで、あぁぁ、いいぃぃぃ」

腹の底から押しだされた喘ぎが間延びして、なかなか途切れてくれない。いくら感じているからと言って、まるで獣の啜り鳴きだ。卑しくて淫らな雌豚の鳴き声だ。

（私は外でこんなヘンタイ声あげるような淫乱ブタなのに……鶴城もクラスのみんなも勘違いしてるよ。ご主人さまだけが、私の本性を知ってる……！）

ブランコをきしらせて健児をかき抱き、膣まわりの筋肉だけで肉壺を淫らにうねらせた。それで健児が心地よさげにうめいてくれると、歓喜の熱で全身が汗ばんでいく。

コートのなかが蒸しあがり、秘肉の動きがさらに活発化した。

「くあぁぁ、腰動かしてないのに、こんなに気持ちいいものなのかよ……！」

「んんぅぅっ、それはぁ、私のアソコがご主人さまのドSチ×ポと相性ぴったりのドMマ×コだから、かな」

ふたりとも夢中になっていた。肌をすり切る冬の寒さに抗《あらが》うように抱き合って、腰尻を互い違いの円運動で蠢《うごめ》かせ、粘膜と粘膜を執拗に摩擦し合う。柔らかな乳肉を押しつけると健児の吐息が熱くなるので、ことさら胸を擦り寄せてサービスしてやった。真子にとっても乳首が擦れるのは痛がゆくて心地よい。

熱と痺れが下腹に溜まって頭がぼやけ、快感以外のすべてが気にならなくなった。夕日が雲で隠れて暗くなりはじめたことも、遠く響く車の走行音も、子供たちがはしゃぎまわる声すらも。

「あー、大人がブランコ使ってる」

近い——声が、すぐ近くに聞こえる。

「ぢょっ、どぅおふっ！」

健児が意味不明な声をあげて、ブランコを囲む小学校低学年ぐらいの子供たちを見まわした。遅れて真子も現状に気づく。ちょうど学校の帰りなのだろう。ランドセルを背負った小学生たちの純粋な視線が投げかけられている。

「女とイチャついてるぜ、この兄ちゃん。エロだよ、エロにーちゃんだ」

「こ、これは清く正しい男女交際だから、けっしてエロじゃない！」

真子は声をあげることができない。いくら性知識に欠けた幼子たちと言っても、コートを一枚めくれば液汁まみれの結合部を晒してしまうことになるのだ。

公共の遊具であるブランコの上で悦楽に打ち震える淫乱であることを、無垢な子供たちに知られてしまう。

「あぁあぁぁ……ご主人さまぁ、どうしよう、どうしよおぉおっ」

身体が、腰が、動いてしまう。無垢な目つきの子供たちに比べて、自分はなんて卑しいのだろう。惨めさと恥じらいに赤面しながら、上下動をとめられない。

健児は力ずくで尻肉を押さえつけていたが、コート越しに指が食いこむ乱暴さに昂ってしまうのも鷲尾真子という少女である。

「兄ちゃん、お尻触ってるじゃん！　エロ！　エロ！」

「だから、違う……違うんだよ！　清い男女交際、なん、だっ」

相変わらず潔《いさぎよ》さに欠ける男だ。ペニスは膣肉を引き裂かんばかりに膨張して、今にも射精しそうなぐらい脈打っているくせに。M女がヨダレを垂らして酩酊《めいてい》するほど素敵な快感を与えてくれているくせに。

「清い男女交際じゃないぃ……！　これは、どれひ、ちょうひょうらからぁ……！」

ろれつがまわらなくなった真子の言葉を、健児が「だあああああああ！」と喚いてかき消す。

「ラブラブなんだ！　イチャイチャしてるだけなんだ！」

「ケンにぃ、なにやってんだ？」

「り、鈴《りん》ちゃん？」

今度はお知り合いまでやってきたらしい。ちらりと目をやると、艶やかな黒のロングヘアと細い脚は見てとれた。

それ以上のことはわからない。多数の視線に貫かれて、子宮が悦楽のあまりに悶絶をはじめたのだ。ビクビクッと満身に淫らな震えがひろがっていく。

「も、もうちょっとだけ待て、ガマンできたらご褒美やるから……！」

密着した亀頭で絶頂の気配を察して、健児が声を殺して耳もとで囁く。

「ご、ご褒美……？　きもちいいこと？」

「めちゃくちゃにイジメてやるよ、この雌豚。ただし、ガマンしなかったら、このまま抜いてダッシュで逃げるからな」

真子は歯嚙みをし、彼の背中をかきむしって堪えた。期待と忍耐を溜めこんだ秘宮がとろろ汁のようにドロドロの粘液を漏らすが、それでも微動だにせず、ただただ自分と健児の局部が脈動する際に得られる摩擦感のみを糧《かて》に愉悦を内に閉じこめる。

「鈴ちゃん、もしかしてまたバットが行方不明？」

「うん、またどっか行っちゃったんだ」

「コイツら連れて捜しにいったらどうかな」

「そうしよっかな。オマエら、ちょっと付き合えよ」

子供たちが「えー」と不満の声をあげる。うるさいなぁと真子は大人げなく腹を立てた。自分だって許されるなら大声で法悦を謳《うた》いたいのに。ブランコのかすかな揺れが、膣口をかきひろげるようなペニスの動きに変わり、最奥ばかりか入り口からもうずきが募っていくというのに。

「うっさい、年上の言うこと聞けよ。だいたいカップルの邪魔しちゃ悪いだろ。ジロジロ見てるほうだってエロだよ、エロ」

「エ、エロじゃねーよ！」

子供たちは挑発されるまま鈴に従い、真子の後ろの方向にある出口へ向けて歩みだした。鈴という少女は女だてらにガキ大将みたいなものだろうか。なんにしてもありがたい。これで公園から人がいなくなればご褒美がもらえる。

（もうちょっと……もうちょっとでイケるぅ……！　イキたいぃ、イキたいよぉ！　はやくぅ、はやくイカせてぇえぇッ！　ご主人さまぁ、ご主人さまぁ！）

喘ぎ狂いたい気持ちを抑えるため、健児の耳に噛みついた。舌を耳穴に差し入れ、水音をたてながら汚れをこそぎ落として苦みを味わう。健児は小さくうめき、全身をわななかせて手を強張《こわば》らせた。偶然にも人差し指が尻肉の狭間に挟まって、後ろの皺穴に食いこんでくる。

「いッ……ぁ……！」

想定外の刺激が直腸をつんざいて脳を痺れさせた。

もはや忍耐も限界に達しようとしているのに、立ち去る足音がいったん停止する。

「ケンにぃ、お隣さんとして忠告しとくけど、人前でイチャイチャは恥ずかしいぞ」

その一言を最後に、足音は遠く聞こえなくなるまで留まることがなかった。

余裕をもってさらに一拍子、二拍子。三、四、五——

やがて、十。

「い、行ったぁ。助かったぁ……！」

健児が深く一息つく。彼の手がかすかに緩んだ隙に、真子は猛然と腰をまわしだした。絶頂寸前まで昂った子宮口をひたすら圧迫するような奥まった動きである。

「イッてないぃ！　まだイッテないのぉ！　おま×こウズウズしまくってるのにぃい！　ご褒美《ほうび》ぃ、はやくご褒美ちょうだいよぉ！　狂っちゃうぅ、こんなおいしいおち×ぽ咥《くわ》えたまま放置なんて頭おかしくなるに決まってるのにぃ！」

「もともとはオマエがここでヤリたいなんて言ったからだろ！　ああクソッ、鈴ちゃんが気づいてたら近所付き合い即死だよ！　おまえみたいな変態マゾ女のせいで！」

健児は小刻みに突きあげながら、片手でコートとスカートをまくりあげたかと思うと、平手でピシャリと尻を叩きはじめた。

「くうぅんッ、あふっ！　ご、ご褒美ぃ……！」

「どうせお仕置きがご褒美になるって思ってたよ！　ほらっ、もっと悦べ！」

演技というわけでなく、たぶん彼は本気で腹を立てている。怒りのまま女を犯す男らしい獣欲が、ペニスの律動から感じられた。手のひらからはもっとダイレクトな怒りが伝わってくる。白い尻に鋭い痛みと甘露のような熱感が染みわたった。

「ひああっ、悦んじゃうよぉ、お尻叩かれて有頂天んッ！」

寒さで鳥肌の立った臀肩は瞬《また》く間に赤く充血し、結合部から溢れる泡液と霜降り肉のようなコントラストを描く。破瓜《はか》を思いださせる苦痛と快感の混交に、真子の下腹は今度こそ抑えようのないエクスタシーに見舞われた。

「イクぅぅっ、ああ、ご主人さまぁ、思いっきりお仕置きしてイカせてぇぇ！」

「俺ももうイクぞ！　外で、くそっ、もうだれか来てもガマンできない！」

ひときわ大きく尻が打たれ、衝撃を浸透させるように手のひらが柔肉に食いこんだ。そのまま引き寄せられ、痙攣《けいれん》する肉壺と男根が深くがっちり根元まで結合する。

腹で灼熱感が爆発した。鉛玉を撃ちこまれたようなすさまじい噴出感で、膣奥から喉までオルガスムスが突き抜ける。真子は言葉にならない獣じみたアクメ声を公園いっぱいに響かせた。

常識的な健児ですら恥知らずな嬌声を咎《とが》めることができない。射精の快感に酔いしれている。ガマンしていた分だけふたりの絶頂の度合いは高く、神経が末端にいたるまで火花を散らしている。

「ぐっ、う、ううぅ……！　すっごい窄《すぼ》まってるぞ、真子……！」

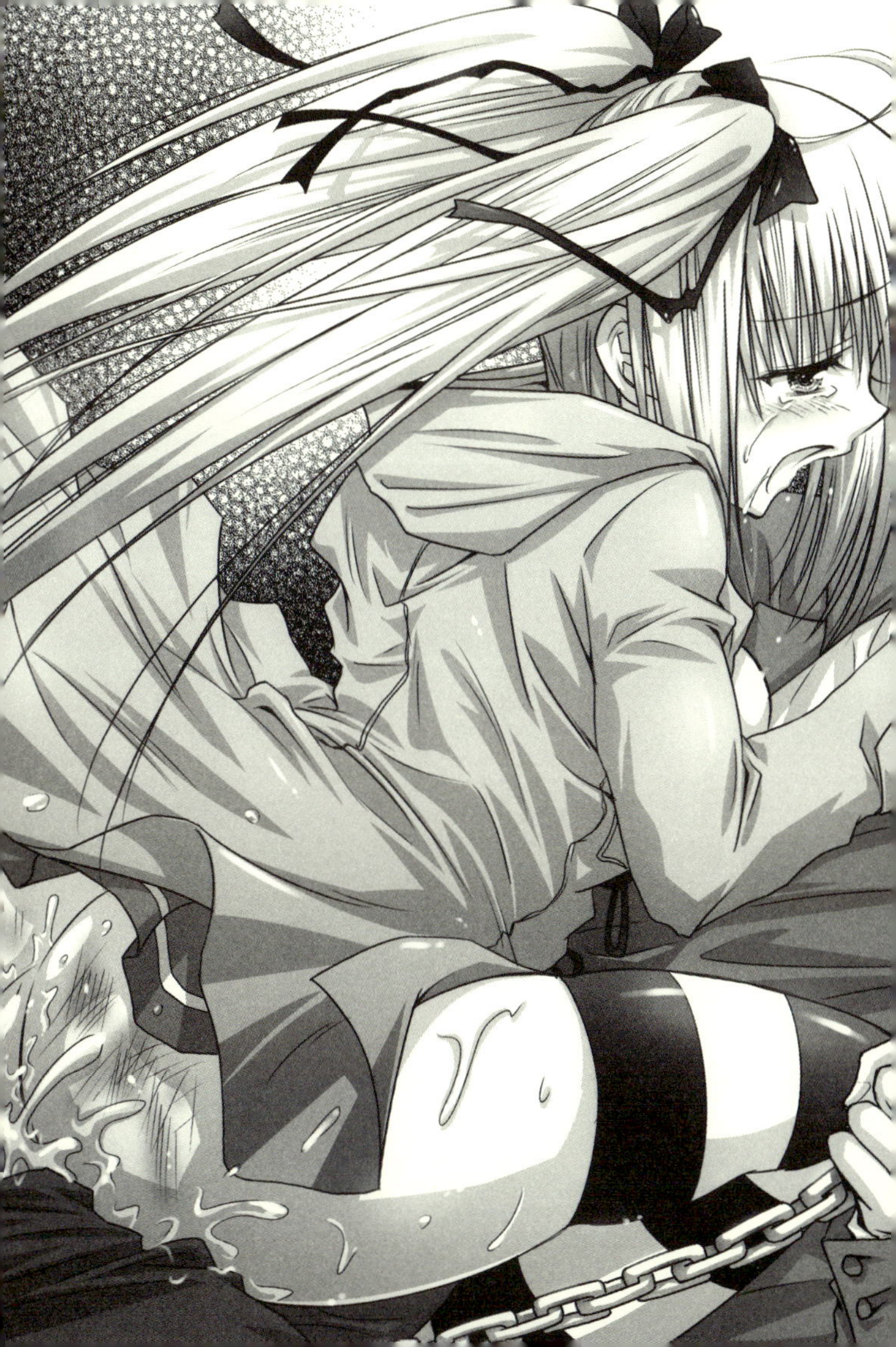

「んあぁぁあッ、気持ちいいぃぃい！　中出し、最高ぉ……もっともっと搾りだすぅ！」

むりゅむりゅと膣肉が内側に折りこまれるように蠕動《ぜんどう》し、肉茎を深みへと導いていく。粘膜突起の一粒一粒にいたるまでが女の悦びに打ち震えていた。

健児の言うとおり、もしだれかが現れても行為をやめることはできそうにない。膣口が絶対にペニスを離さない。腕だって愛しいご主人さまから離れたがらない。むしろこのまま見せつけてやりたいとすら思える。

（私がご主人さまのザーメン便器にされてるとこ、みんなに見てほしい……！　さっきの子たち、どこかで覗いててくれないかな……あぁん、もう覗いてるって思いこんじゃおっかなぁ。衆人環視のなか、野外で中出しレイプされちゃってるのに大口開けてアクメ顔さらしてる変態女的なノリで……）

軽く妄想を交えただけで興奮がさらに募った。小ぶりな小鼻がヒクヒクして、突きだした舌はツバをたっぷり乗せて健児の耳に絡みつき、法悦に色づきすぎた呼吸音を間近から吹きこむ。

身体がひどく熱い。精液の熱と子宮の熱が絡み合い、粘っこい汗となって全身の毛穴から排出される。服のなかがジメジメしても不快感を覚える暇もないほど、両者は膣内射精の悦びに浸っていた。

「あぁぁ、外で中出ししちまった……普通は付き合って一年はかかるプレイだよ」

健児は腰をよじらせ、己の白濁でトロみを増した膣内をこねくりまわした。ぼやいてもしっかりと快感を求めるところは立派なオスだ。

その点はよいのだが、セリフには少し不満がある。真子もまた腰をくねらせて肉棒の硬さを愉しみながら、息も絶え絶えに反抗の意を示した。

「んっ、私たちは、あんっ、付き合ってるわけじゃなくて、これはしつけとかレイプとかの、ふぅん、類だからね、ひんんんッ」

「こんなに悦んでるのにしつけもレイプもあるか」

射精も収まりだしたころ、真子の腰がつかまれ、持ちあげられた。

ぽぢゅ、と気泡のもれる音とともに、お腹いっぱいに満ちていた快美な異物感が消え去った。ぐぽ、ぐぽ、と膣口が下品なゲップとともに、こってりと白い肉汁の滝を地面へ向けて滴らせる。

「もったいない……ご主人さまのザーメン、どうして流れちゃうのかな」

「流れなかったら排卵日まで残って妊娠するかもしれないぞ」

「それは……たしかに、困っちゃうけど」

さすがに孕《はら》んでしまったらシャレにならないが、もったいないのも確かなので、真子はそれを指ですくって舐めてみた。苦くて、塩辛くて、どことなく学校のプールを思いだす塩素臭さすら感じられる。しかも呑みこみにくい絶妙な粘度。

「ひどい味……こんなのを女の子に流しこむなんて、男って生来の鬼畜だわ」

「自分で舐めたくせに」

「だって、さっきは直接喉に流しこまれたから、あんまり味わえなかったし」

長々と滴る肉汁を何度もすくって舐め取った。思わず眉を寄せてしまう味なのに、なぜかやめることができない。叩かれた尻が火照《ほて》るのも今は心地よく、すっかり野外調教をされてしまったのだなぁという感慨が湧いてきた。


呼吸が落ち着いたらさっそく清掃作業に戻り、健児は土煙をあげんばかりの勢いでホウキを振りまわした。

「もう時間がないよ！　ほら、そこの変態ももっと急げ！」

「だって腰がガクガクして……もうものすっごいイッちゃったんだもん。マイ人生アクメ暫定チャンピオンだわ、今日の清純少女野外強姦・ザ・ブランコファックは。ちなみに第二位は自室でレイプ処女喪失・強姦魔はクラスメイトの地味男篇よ」

「うっとりしてないでゴミ拾えゴミ！　つーかだれが地味男だこのミジンコッ」

「なにそれ、言葉責め？　私をイカせたいなら受けて立ってやろうじゃないの！」

「受けるな！　掃除しろ！」

可愛らしいお尻に全力で蹴りを叩きこみたいと思ったのは、さすがにはじめてだ。

「ところで、さっきあんた、おもしろいこと言わなかった？」

「なにがだよ」

「外で、中出しって」

真子は耐えきれないというように、ぷふっと吹きだした。

「外で、なかね。うん、うまい。ご主人さま、ナイスボケよ。ぷっ、うぅ、笑いをガマンすると余計につらいのよね。腹筋責めなんてプレイは想定してなかったわ、ぐひひ」

そんな下品な笑い方をする女の子とは思っていなかったので健児は面食らったが、それよりなにより掃除をしてほしいというのが本音である。

「もしかしてオマエ、相当なシモネタ好き？」

「排泄系はＮＧよ、品がなさすぎるから。でもね、外で、ぷふっ、中出しは、くっ、ダメ、腹筋がつりそうになってきた。くふっ、ご主人さまは本当に外道ね、鬼畜ね」

北野健児は鷲尾真子という少女を、孤高で清楚な高嶺《たかね》の花だと思っていた。

このところ、一時間おきにイメージが崩れていないだろうか。エッチをするのはたしかに気持ちよいが、なにかが違う。こんなはずではなかった。

天まで同情してくれたのか、どす黒い雲から点々と雫を落としてくる。

「やっべ、雨降ってきたよ！　全然終わってないのに！」

携帯電話で時間も確認してみると、終了時間の午後三時まで残り十分。まだ公園の半分も終えていない上に、追い打ちの雨である。

「諦めて後日再清掃しかないかなぁ……めんどいなぁ」

「それなら残りは私がやっといてあげよっか？　ご主人さまは帰ってもいいわよ。ゴミ袋ふたつもいっぱいにしたら掃除した証拠にはなるだろうし」

真子は恩着せがましくも卑屈に媚びるでもなく、さらりと言ってのけた。

「雨で濡れるぞ？」

「濡れちゃうわね。放置プレイで寒くて寂しい想いをしてるみたいで、アソコも濡れちゃうわね。ぷふっ、なんかウケる」

真子は雨に濡れながらゴミと枯れ葉を拾い集め、ときおり思いだし笑いを繰りかえした。ほっといたら肺炎になるまでひとり放置プレイを楽しみかねないので、結局は健児も時間いっぱいまで手伝って、ゴミ袋ふたつ分を満杯にした。

雨足は激しくなる一方なので、屋根のあるショッピングモールを通って帰ろうと健児が提案したところ、真子は満面の笑みで首を左右に振る。

「人間はね、たまには寒くて寂しくてつらい想いをしなくちゃいけないのよ」

「とめても無駄ってことはなんとなくわかった。風邪だけは引かないようにな」

「だいじょうぶ、マゾは風邪引かないって言うでしょ？」

健児は深くため息をついた。ツッコミを入れる気力すらない。

きっと鶴城たちは知らないだろう。鷲尾真子という少女の本性を。生粋の変態マゾ女で、下品なネタが好きなちょっとお馬鹿な女の子だということを。

「それと、最後にひとつ。ご主人さまから肉奴隷に歩み寄ってどうするの？　ドSならむしろ犬がいうのNG。ブランコ調教の最中、ラブラブとか言ってたでしょ。ああ脚に擦り寄ってきたところをキック食らわせるぐらいじゃないと」

この期に及んでツンとした態度を取るのだから、本当に真子はねじくれている。

健児は取りつく島もなく小走りに去る少女の後ろ姿を見守ってから、商店街に走ろうとした。降り注ぐ雨の音に混じって攻撃的な唸り声が聞こえる。

「ふぎぃいいいいい！」

バレーボールのように丸々太った塊が茂みから現れた。

いつも真子の膝を定位置にしている猫が、先ほどまで真子を膝に乗せていた人間の雄へと、殺意すらこもった視線を投げかけてくる。

かりにも男同士。目と目を合わせれば理解できることもある。

「こころん……もしかして妬《や》いてるのか？」

雨の降り注ぐ公園で、北野健児は生まれてはじめて殺意まじりの実戦を体験したのだが、それはそれとして。

翌日、鷲尾真子は学校を欠席した。

風邪である。

バカも風邪引くんだなぁ。と口に出して言わなかったのは、健児なりの思いやりだった。

ツンマゾ3 風邪の私にパイズリ奉仕ぐらいさせなさい！

真子の欠席が三日もつづき、とうとう鶴城が悲鳴をあげた。

「せんせー！　マコがいないと勉強する気になれないから早退します！」

「よしよし、ナメんな鶴城。縛りつけてでも授業受けさせるから覚悟しとけ」

縛りとか真子が悦ぶプレイだろうなぁと健児は思った。

どうも授業に身が入らない。鶴城と違って叫びたいほどではないが、いまいち頭が冴えないのだ。こころんとの死闘（雨ざらし）の傷も、まだ癒えなくてヒリヒリする。

なんとなく、風邪を引かなかった自分が真子よりバカだと言われているような気がして、ちょっと腹が立った。真子を軽くいじめて憂さ晴らしをしたい。

（いやいやいや、なに考えてるんだ俺。ノーマルのはずだろ俺）

真子との付き合いで自分が変わりつつあるのだとしたら。そう考えて寒気を覚えた。

このまま真性のサディストに転身し、いつの間にか鞭の扱いが無駄にうまくなってしまったら――

いや、別に困りはしない。真子だけ叩いて他人に迷惑をかけなければよいのだから。

いやいや。その発想がすでに間違っている。

(俺……ほんとどうなるんだろ)

先行きが見えなくて不安が募る。

そんなときに突如として、けたたましい鶴城の声が健児に向けられた。

「わかったぁ！　マコが風邪引いたのは北野のせいね！」

「なんでそうなるんだよ！」

「あんた陰険そうだもん！　こないだの学級裁判のことでマコに八つ当たりしたんでしょ！　アルゼンチンバックブリーカーでマコを傘代わりにしたとか！」

「陰険どころかメチャクチャ体育会系じゃねーか！」

思いきり机を叩くと、その音に押されたのか鶴城が口ごもった。

ここぞとばかりにまくしたてる。

「濡れ衣はいい加減やめてくれよ！　鶴城がアイツのこと過保護に面倒見るのはいいさ、好きにしろよ！　だからって無関係な人間に迷惑かけんな！　理性的に、客観的に物事を見ろ！　次に妙な濡れ衣着せてきたら俺だってキレるからな！」

少し声量を落とし、代わりにドスを利《き》かせる。

「なんなら精神的に潰されるか社会的に潰されるか、好きなほう選んでいいぞ？」

父から教わった腹式の発声法に、教室が静まりかえった。

鶴城が怯《おび》えた顔で肩を竦めているばかりか、まわりの皆が明らかに一歩引いた目で健児を見ている。教師すら授業途中の会話を叱るでもなく、チョークで文字を書きかけたまま停止していた。

「北野ってさ……そんなイカツいキャラだっけ？」

菱沼の感心気味な声に、健児ははっと目を覚ました。たしかに自分はこんなキャラじゃないはずだ。

「ごめん、言いすぎた。先生もすいません、授業つづけてください」

縮こまって教師をうながすと、釈然としない空気のまま授業が再開した。

鶴城はさっきまでよりずっと敵対的な目で睨みつけてくる。小動物の無害な抵抗を見せられているようで、健児の背筋に心地よい鳥肌が立った。

（いやいやいや！　俺はこういうキャラじゃないだろ！）

真子の影響でドSになりつつあるのか。それとも三日前、こころんとの決闘を乗り越えて男気があがり、獰猛《どうもう》さも増したというのか。

例のデブ猫は不安げに教室をうろついている。座布団代わりの真子がいなくて心細いのだろう。

と、健児のそばで立ちどまったかと思うと、膝に登って丸まった。

「なっ、こころんなにやってんの！　マコ以外に体を許すってどういう了見よ！」

「うるさいよ」

健児が反射的に腹から声を出すと、鶴城は口ごもって歯噛みをした。

違う。こんなチンピラみたいなキャラは望むところではない。こころんにしても死闘の果てに男同士の友情が芽生えただけだ。大人げなく殴りつけて主従関係を刻みこんだというわけでは、ないような、そういう見方もできなくはないような。

（ちっくしょう。真子いじめて憂さ晴らししようか）

いやいや違う、それはマズイ、と首を振った。

健児は歯ぎしりをして頭を抱えていたが、クラスのだれも声をかけてはくれなかった。

放課後、健児はマコマコ団が掃除当番なのをよいことに、監視がつく前に駐輪所へ走った。自分の自転車を引きずりだすと、特急電車の勢いでペダルを踏みだす。

向かう先は我が家でなく、一路最寄りの大熊川《おおくまがわ》駅だ。そこから電車に乗って三駅先の箕星《みぼし》駅で降車。

以前通った道のりを逆順に歩んでちょっとした高級住宅街に踏み入る。右も左も敷地がいちいち広くて塀が長々とつづいているが、家屋の外装が落ち着いた色彩なのでそれほど嫌味にも感じない。

ときどき挙動不審なぐらいキョロキョロと周囲を見まわしたが、マコマコ団の監視はやはり見当たらなかった。真子によれば「私の監視ってわざとらしく双眼鏡使って物陰から顔だけ突きだしてるから、かえって見つけやすい」とのことだ。

安堵はしたが油断することなく進むことおよそ十分。

たどりついたのは、拉致の記憶も新しいサザンクロス。十字の形をした鷲尾家の邸宅だ。

前はじっくり見る余裕もなかったが、あらためて観察してみれば形の奇抜さはともかくとして、敷地面積はそこまで広いわけでなく、余裕がけっこうあるという程度で節度をわきまえている。壁の色はごくごく淡い桜色で、上品さを損なうこともない。常軌を逸した大富豪でなく、手の届く範囲に彼女はいるのだと思うと、少しばかり気分がよくなった。平々凡々なクラスメイトが見舞いにきても、きっとおかしくはない。

インターホンを押して反応を待った。

『……ばび』

しわがれた声のあとに、大きく咳きこむ音がつづく。

「鷲尾真子さんのクラスメイトの北野健児と言います。真子さんのお見舞いにきたんですけど、挨拶だけでもよろしいでしょうか？」

『ご、ごじゅじんざば？　病身《びょうじん》どわだしをぎゃくだいずるだべでぃ、わざわざ家ばで押し入どぅだんで……』

「ごめん、聞き取れないからやっぱ帰る」

『だでぃ勘違《がんぢが》いじてるどよ！　大歓迎でごだいばず！』

家のなかからバタバタと音がして、勢いよく玄関のドアが開かれた。冷たい風の吹き荒れる屋外へと、彼女が姿を現す。

やけに布地の少ない、紐寸前の白ビキニだけをまとって。

「びらっじゃい！　ごじゅじんだば！」

「服を着ろぉおおおおおお！」

怒鳴りながら玄関に押し入り、世間様に知られる前にドアを閉めた。

「だあっ！　勢いで入っちまったよ！　親御さんは！」

「ぶだりどぼおじごどであじだばでがえっでごでだい」

「わかんねぇ！」

がんばって耳を澄ませ、何度か聞き直したところ、両親は仕事の関係で明日まで帰ってこれないとのことらしい。

一安心して、健児は彼女を無理やりベッドに押しこんだ。真子の私室は相変わらず白っぽくて清楚な色をしている。乳肉や尻肉に食いこむような白紐ビキニも、もしかしたら色だけ見れば清楚と思えなくも——やっぱり無理だ。

「なんでそんな格好なんだ……」

「だっで、だっで、いでぃどはだっでびだがっだんだぼへふっ、ごふっ、ごほっ」

「無理に喋るなって。聞いてるこっちまで疲れる」

鼻まで啜るほどの体調なのに、ことさら声を大にしているのはたぶん気のせいじゃない。喉の痛みや頭のぼやけを愉しんでいるに違いない。

健児はノートとシャーペンを彼女に手渡した。みなまで言わずとも意図は伝わったようで、震える手でミミズののたくったような字が記される。

『一度はやってみたかったの。肺炎になるまで風邪を満喫』

「それで水着で寒い思いを?」

『イエス』

「おまえは絶対にバカだ」

『言葉責め?』

「事実を指摘してるだけだと思う」

なぜか真子は真っ赤な顔いっぱいに花が開いたような笑みを浮かべた。

（あれ？　こんな笑い方する子だったっけ？）

風邪で頭がぼんやりしているせいかもしれないが、屈託のない表情は身長のまま小さな女の子を彷彿《ほうふつ》させる。無邪気な笑い方にさりげなく男心をくすぐられた。

『そっちこそ、顔の傷は平気？』

しかもここにきて、こころんにやられた引っかき傷まで心配してくれるのだから、これはすでにSM的な雰囲気の介在しないごくごく普通の恋人同士ではないかと思えてくる。布団をかぶせていれば紐ビキニも見えないのでちょうどいい。

「この傷はアレだ、男の勲章ってやつだよ」

こころんに猛然と引っかかれながら、でっぷり突きでた腹肉をねじりあげて勝利を奪った感動は記憶に新しい。カサブタだらけの傷を鏡で見たときは自分でちょっと引いたが、今はそれもすべて剝がれてうっすら跡が残っているだけだ。

『でも、痛そう。手も傷ついてるし』

真子はノートとペンを枕もとに置くと、健児の手をそっと握ってまたニッコリ笑った。あまつさえ頰ずりまでされて、健児は脳天に稲妻を食らったような気分で棒立ちになる。

おそらく風邪のせいだ。いつもならもっとつっけんどんだったり、妙に挑発的だったり、言動が変態的だったはずだ。ひねくれもののマゾヒストがこんなにもストレートに懐いてくるはずがない。

風邪万歳と内心で喝采をあげた。

「俺より真子のほうが心配だよ。鶴城も真子がいなくてヒス起こしてたし。薬はちゃんと飲んでるか？」

『NO』

「本当に肺炎になったら入院させられて、俺にいじめてもらえなくなるぞ？」

ペンを持つ手がとまった。ふたつの眼が溶け落ちそうなほど潤みだし、口もとからもあうあうと悲しげなうめきがもれる。

どう見てもか弱い女の子だ。保護してやるべき小動物だ。

「今日はゆっくり休んでろ。俺がそばにいてやるから」

頭を撫でてやると、安堵したのかうっとりと目が糸になる。日向ぼっこをする猫のような表情に、刺々しさもマゾヒズムも感じられない。

胸に熱いものが湧く。こういう関係を望んでいたのだ。お互いをいたわり、たまに頭を撫でたり手を握ったり恥ずかしがったり。

すでに健児は終電まで看病するつもりでいた。両親が出払っているのは北野家も同じである。父は主宰している劇団の公演で遠地に出ており、母もその手伝いをしている。明日の登校に備えて日付が変わる前に帰れればなんの問題もない。

健児は甲斐甲斐しく看病に従事した。

濡れタオルを持ってきて額に乗せてやり、バケツとコップを持ってきてうがいもさせた。わざわざ手ずから鼻もかませた。

もう少し時間が経てばおかゆを作ってやろうとも思う。いつもなら絶対に拒絶されるであろう「はい、アーン」だって、今ならおそらく可能だ。

汗をかいたら拭いてやらなければならない。身体が冷えないよう温める必要もある。たとえば、そう。肌と肌で触れ合い、互いの体温を通わせて、淫らな熱がとまらなくなるまで股ぐらをかきまわすとか。

「違ぇ！」

思わず怒鳴った。真子が不思議そうに顔を傾ける。

一瞬、明らかに明後日の方向に思考が向かった。かきまわすってなんだ。病人に鞭打ってどうするんだ。

あったかくするなら、そう——肌が真っ赤になるまでスパンキングとか。

「もっと違ぇ！」

『？』

「なんでもないよ、俺は紳士だから。ジェントル健児です」

せっかく真子がしおらしくなったのに、自分がSっ気満開でどうする。

しかし、考えれば考えるほど淫らな想像が浮かんだ。攻撃的で、嗜虐的で、普通の女の子ならいやがって逃げだすであろう行為の数々が脳裏を駆けめぐる。

あるいは——考えたくないが、もともと自分にそういう気質があったのだとすれば。今までM気質でさんざん押してきた真子が不意に引いたせいで、秘められたS気質がつんのめるように飛びだしてきたのだとすれば。

『たってる？』

真子が潤んだ目で健児の股間を凝視していた。卑猥な想像の数々が海綿体に満ち、ズボンを角錐の形に尖らせている。

「……ちょっとトイレいってくる」

数日分の性欲が溜まっているだけだ。放出すればジェントルな北野健児が蘇る。

席を立とうとしたが、真子が手を握って離してくれない。

「勃起してる……でしょ？」

「なんでそこだけ発音明瞭なんだよ」

「さっきご主人さまにうがいさせられて、鼻もかまされたからかな……ちょっとだけ、喉のイガラっぽさが消えたの」

まだまだ嗄《か》れた声ではあるが、発音自体は充分に聞き取れるものだ。

「トイレでヌイてくるなんて、寂しいこと言わないで」

言ってることは変態でも、ベッドからの目線は心細そうだ。

「風邪でも私、ご主人さまの奴隷だよ。精液便所なんだよ。出すなら、私以外で出さないでほしいの……風邪じゃ、ダメ？」

風邪で赤らんだ顔と、霞んだ目つきで、懇願してくる様が、思わずツバを呑むほど可愛らしい。

現状を整理するなら、可愛い女の子とふたりきり。しかも彼女の部屋で。はじめて彼女とエッチした部屋である。処女を奪い、乱暴に腰を叩きつけて、膣内にたっぷり欲望のエキスを注ぎこんだ部屋なのである。

初体験の記憶が、興奮に火をつけた。

「薬は、飲んだ？」

「ううん、飲んでない」

「じゃあ飲もうか。おいしい水、出してあげるから」

健児は真子の性癖に押しきられるのでなく、自分の本能に呑みこまれてズボンを降ろした。頭のどこかで、「それはまずいだろ」と制止する声が聞こえたが、奔りだした欲望をとめるだけの力はない。

姿を現したのは、女を求めて鎌首をもたげる肉色の大蛇だった。

真子はペニスの威容に圧倒され、痛む喉に生唾を流しこんだ。

頭がぼやけて視界が定まらないせいか、いつもより数倍も大きい男根に押し潰されるような錯覚すら生じる。

「すてき……ご主人さまの強姦ち×ぽ、見てるだけでレイプされてる気分……」

「病人のくせにエロいことばっかり考えてちゃダメだろ」

弓なりに反りかえったペニスで頬を叩かれた。つづけて鼻先や額、唇まで、熱と圧力を感じるたびに霞んだ思考が桃色に染まっていく。

(風邪、引いてよかったぁ……)

シラフではこんなに素直に甘えることなど、たぶんできない。なにかしら憎まれ口を叩いて、健児を不愉快にしてしまうのがいつものことだ。

今はただ顔を肉棒でこすられるだけで満足できる。トロトロに緩んだ目つきに健児も感じるものがあるのか、男根に浮かんだ血管が盛んに蠢《うごめ》きだす。先走りも大量に漏れだして、瞬く間に真子の顔はぬめりに満たされた。

「お口……使わなくていいんですか？」

言い終わると同時に、喉のいがらっぽさに負けて咳をする。

「口使う余裕もないだろ」

咳で飛んだ唾でベトベトの逸物を、健児はみずからしごきだしている。

もったいないし、可哀想だ。せっかく目の前に肉奴隷がいるのだから、好きなように使えばいいのに。

「それなら……ここ、使ってみません？」

真子は布団をめくって上半身をさらけだした。特大の白い餅がふたつ、脇にこぼれんばかりに自重でたわみ、水着が少しズレてしまっている。豊かな肉感玉の突端で小さな水着からはみでたピンク色の円は、熱い視線に晒されて淡くかすかに痺れだす。

頭や喉の痛みよりもずっと鮮烈で冴え渡るような感覚だ。

「ご主人さまのおち×ぽでお顔ズリズリっていじめられて、私すっごくドキドキしてるの……オッパイがすっごく熱いの」

充血した乳首を見せつけるように、両手で胸を下から持ちあげてみせた。

「布団めくってたら寒くないか？」

「寒いから、あっためてください……胸の真ん中でご主人さまの一番熱いところを感じたいです」

潤んだ目で焦点も合いにくいが、懸命に見つめる。

やがて健児は吐息とともに折れ、ベッドに登って真子の腹をまたいだ。

「安静にしてろよ。俺が自分で動くから」

「このローション使ってください。こんなこともあろうかと、ベッドに入った瞬間か

んだわけだ。

手渡したのは通販で購入したバイブに付属していた袋入りのローションだ。容器入りの市販品は懐に抱えても全体を温めるのは難しいので、一回使いきりの袋入りを選

ら温めてました」

健児は神妙な顔で切り口を裂く。

「水着は脱がなくていいか？」

「ご主人さまにお任せします」

「じゃあ着たままで」

どうやら多少は布で隠れていたほうが興奮するタイプらしい。

口を切られた長細い袋が傾けられ、赤みのついた粘液がとろりと乳房に降りかかる。

「ひゃっ、まだ冷たいかも……」

「それじゃ、すぐにあったためてやらないとな」

ローションでぬらりぬらりと淫靡にきらめく肉の渓谷を、健児は優しく撫でてきた。

手のひらの熱を表面になじませるように、じっくりと全体にローションを揉みこむ。

「やっぱり柔らかいな……ぬるぬるしてるから、余計に柔らかく感じる」

「んっ、それに、ネバネバでご主人さまの手が吸いついて、溶け合ってるみたいな感じがする……んっ、んふっ」

男の手の硬さと、女の媚膚の柔らかさが、ローションの仲立ちで違和感なく吸着しあっていた。粘りを得た皮下脂肪の双球は健児の手のなかで水風船のように変形しつづけ、じわじわと微熱を溜めこんでいく。

真子の体温自体は高いので、昂揚したふたりの熱でローションの匂いが蒸しあがっていく。鼻がつまっていなければ男根のすえた臭気と一緒に愉しめただろうに、残念でならない。だからせめて、触感からにじみでる性感にぼやけた意識を注ぐのだ。

「気持ちいい……ご主人さまの手、好き……」

真子は耽溺の甘い息をもらし、艶めかしく汗の浮かぶ肩を微動させた。その動きに従って、サイズと柔軟性を兼ねそなえた乳房もたやすく揺れる。それがたとえ健児に揉まれている最中であろうと、彼の手から少しでも離れた場所はプルンと震動するのだ。

(我ながら柔らかそう……肩は凝るけど、ご主人さまはおち×ぽおっきくしてるし、揉まれたら気持ちいいし、やっぱり大きくてよかったかな)

少しズレた考えも一瞬のこと、すっかり隈なく粘液にまみれた乳房の上に反りかえった肉棒が現れると、これからの期待で胸がいっぱいになった。

「そろそろ挟むぞ……しっかり熱いの感じて、薬が出たらぜんぶ呑め」

「はい、呑みます……どろどろの風邪薬、ごっくんします」

最初は精液を水代わりに薬を飲む予定だったが、健児も乳揉みの間に興奮が高まって細かいことが気にならなくなっている。肩で息をしているところからも、彼がどれほど真子の胸を犯したがっているのかよくわかる。

真上からでは水着の紐に引っかかるため、いったん腰が引かれて、血の色に腫れあがった亀頭が下乳に接着する。

「はっ、あっ……すごい、あつい……」

水着で寄せられているため、そこにはかすかな隙間もない。健児は処女の秘裂を破ったときのように、ぬかるんだ峡谷を強引に割り、ぷちゅぷちゅと泡の破裂する音をたてながら進んでいく。ローションの吸着感は健在で、手のひらよりずっと熱い男根が乳肉の狭間になじんでいくのが感じられる。

「本当にすごいな……身体は小さいのに、俺のがどんどん埋まってくる」

柔肉はぴったりと密閉されているが、脈動する塊が奥へ奥へと入ってくるたび、その分だけ容積が増して水着の締めつけを受ける。紐が食いこむ微痛が真子にとって快感なのは当然だが、健児にとっても性感帯への締めつけが増すようで、時々耐えがたいというように乳房へ爪を立ててくる。

「くうぅぅ、これは、思ってたよりずっと、うおッ……！　アソコがもっとツルツルで柔らかくなった感じっていうか、ぅう、密着してくる感じも気持ちいいし、ぐっ」

「悦んでもらえて、私、しあわせです……！」

嗄《か》れた声も鼻にかかってくると、大人の女のハスキーな喘ぎに似てきて、自然に場の空気を官能的に変えていく。風邪の疲弊感もどこかへ消えていた。男の体でもっとも無骨で凶暴な部分を、女の身体でもっとも柔らかく蠱惑的な部分で包みこむことが、信じられないぐらい気分を高揚させてくれる。

でろりと輝く肉頭が目の前にはみだしてきたときは、「ああ、やっぱり女は男の欲望には勝てないのね」という被虐的な至福感に股ぐらまでがジュンッとうずいた。

「ふう、ぬめりは充分みたいだな」

一仕事終えたというように健児が息を吐く。

「それじゃあ……本番、どうぞ」

「うん。真子のオッパイ、おま×こみたいに犯すよ」

さらりと出てきた言葉に胸がときめく。

(こういうセリフをさりげなく言えるご主人さまがほしかったのよ、私は)

乳房の両脇に手が添えられ、さっそくはじまった抽送を、真子は満ち足りた気分で受け入れた。セックスのときよりも見えやすい位置で腰の前後動を眺め、こんな動きで今まで犯されてきたのだと実感する。本当に胸が膣に変わっていくような気分とまろやかな摩擦感を愉しんだ。

「あっ、あっ、んはっ、ぢゅぷぢゅぷ鳴ってる……いやらしいです、エッチです、ご主人さまの動き……ッ」

「風邪なのにそんな色っぽい声出せるほうがエッチだよ」

「だって、勝手に出ちゃうんだもん……あっ」

声がかすれればかすれるほど、切なげな音色となって自分の耳にも卑猥に聞こえる。乳房の狭間でも、じゅぷ、ぐちゅ、という淫らな響きがやむことはなく、柔らかな皮下脂肪がその音を吸って乳腺を熱くしていた。

エラにかかる負荷をじっくり味わうような低速ピストンが、一往復ごとに潤滑を確かめながら加速していく。ベッドがギシギシときしむのが妙に生々しい。

「ふあっ、あんっ、おっぱい犯されてるぅ……風邪なのに家でパイズリなんてぇ……」

とんでもない淫乱という感じがたまらない。実際に淫乱なのだとは思うが、ここまで乱れるのは健児のペニスのせいでもある。

（こんなに熱くて、大きくて、あっ、顎に当たってきた……セックスのたび子宮ゴッゴッ叩いてきちゃうような強姦チ×ポ、女だったらドキドキするに決まってるもん）

愉悦と昂揚が乳首を充血させていく。故意か偶然か健児の親指で押し潰されると、突き刺さるような痛みと快感に腰が悶えて浮きあがる。

「ひあっ、うぅん！」

「あ、ごめん……でも、こういうの好きだろ？　乱暴に揉まれながら乳首潰されると、おお、腰ビクビクしてる」

健児は抽送をやめず、柔乳を左右から圧迫しながら揉みしだき、水着越しに乳首をこすりだした。粘液のせいで膣肉をかきまわすような水音をともない、甘美な電流に背筋が反りあがる。

「あぁぁーっ、熱いぃ、こすれてぬちゅぬちゅでオッパイ熱いぃっ」

「もっとあったかくて臭いのが出てくるんだぞ。想像するだけでいろんなとこが熱くなるだろ？」

「なるぅ……あぁ、オッパイも、アソコも、臭いの想像したら火照《ほて》っちゃうぅ！」

喉の痛みも忘れて声を張りあげた拍子に胸が跳ねあがり、白水着が本格的にずれて粘膜部が丸出しになった。健児は嬉々としてピンクの突起を親指でいじめ、真子の嗄《か》れた喉に鞭を打った。

「ひあぁあッ、気持ちぃぃぃ！　やっぱりオッパイいじめられるの最高ですぅ……！」

男の都合で愉悦を押しつけられるのは、当然ながらマゾヒストの真子は大好きだ。ピストンで顎を突かれて頭がかすみ、乳房を揉みしだかれて胸いっぱいに快感が充満して、華奢《きゃしゃ》な体軀《たいく》がつま先まで風邪とは別種の火照りに満たされる。

「んひぃぃッ、ああっ、あーっ！　イ、イキそう……！」

「たしかにオッパイ熱くなってきたな。胸だけでイケるなんて、風邪引いてるくせにどんだけ好き者なんだよ！」

傲岸不遜《ごうがんふそん》に言ってはいるが、健児のピストンもセックスで絶頂を求めているときと変わらない速度になっている。奏でる粘音《ねばおと》も清楚な部屋を享楽の園に変えるほど大きい。

男の愉悦のバロメーターである先走りがローションと混ざって泡立つのはもちろん、亀頭が乳肉に埋まっても顎先との間に伸びた糸は途切れる気配がない。きっと精子が繋ぎになっているのだと、真子は想像した。女を孕《はら》ませるのが大好きな男の種子が、がまんしきれずに漏れだしているのだ。

「出してぇ……ご主人さまの精子ぶっかけて、私の風邪治してくださいぃ！」

首を曲げて開いた口腔をペニスに向け、さらけだした舌でおいでおいでをした。

「ああ、治してやる！　治らなかったら何度でもぶっかけてやるからな！」

「嬉しい……！」

パンッ！　と腹が下乳部に叩きつけられ、柔乳全体が大きく震動した。その中心から首を出した赤熱の槍先が、待望の臭み汁を飛ばしてくる。

「ぇあぁぁッ……！　ひゅごっ、いぃ……濃いぃ、お薬とろとろぉ！」

真子は口内の粘膜を晒した悦顔で白濁の汚辱を受けとめた。匂いはわからずとも、頬や鼻梁にへばりつく熱感で液内の精子量が豊富であることはよくわかる。着弾と同時に舌を犯す苦みからも明らかだ。

濃い精液は大好きだ。嫌いなはずがない。風邪を引いていようが、濃厚な肉汁を拒めるような女ではないのだ。口のなかも顔の表面もトロつく感覚に絡めとられ、連鎖的に子宮がきゅうっと窄まる。

「我ながら飛ぶなぁ……顔射ははじめてだけど、これも気持ちいいか?」

「ひもひぃぃ……んぱっ、あおぉ」

口のなかに濁った沼ができて呼吸ができない。ただでさえ鼻もつまっているし、粘液の化粧の下は窒息感で真っ赤に染まっている。

「そろそろ呑みこめ。喉に引っかかるなら横にこぼしてもいいから」

せっかくの薬をこぼしたら意味がない。真子は酸欠で朦朧《もうろう》としながらも、痛みのこびりついた喉に嚥下《えんか》を強《し》いた。

「んくっ、んぅ……ふぅ、ぐっ、んぐっ、んぅ」

ゆっくりと、少しずつ。せっかくご主人さまがくれた薬を万が一にでもこぼさないように、確実に呑みほしていく。

(しっかり見ててね、ご主人さま……雌奴隷は口に出されたら迷わずゴックンって生き物なんだから)

やがて射精も脈動もやむのと時を同じくして、真子の口内からは過剰な粘り気がなくなり、胃袋に充実感が生じた。

「おいしくいただきました」

深呼吸をした拍子に呟きこむと、顔中を彩る白濁がぷるぷると震えた。やっぱり濃い。思わず微笑んでしまうほど濃い。

呑みこんだものがどれほど濃かったかは、息苦しさに紛れてよくわからなかった。首のあたりにも精液はまとわりついており、ベッドにまで染みを作っている。乳房もローション以外の濁りに包まれて、水着のずれが不思議となじんで見えた。

（海水浴でレイプされた感じかな……そういう意味でなじんで見える）

健児もそんな真子を見下ろしていたかと思うと、無言でゆっくりペニスを抜いて真子の脇に膝をついた。

ベッドと背中の間に手が差しこまれ、身体が持ちあげられたかと思えば、真子はぎゅっと抱きしめられた。

「健児……？」

とっさに本名で呼んでしまったのは、ちょっと驚いてしまったからだ。主従関係でこれはいけない。お仕置きを希望したい――のだが、自分を見つめる健児の眼差しがくすぐったくなるぐらい優しくて、ちょっと言葉につまってしまう。

「制服、汚れちゃう……ほら、ザーメンついちゃった」

「うん、そうだな」

しかし健児はかまわず、真子を抱きしめたままでいた。たぶん、無理させてすまないという後ろめたさと、風邪をおして自分を気持ちよくしてくれた相手への愛しさがないまぜになっているのだろう。

奴隷気分の真子にとって、これは非常に困る。どうリアクションしていいのかわからない。普段なら容赦《ようしゃ》なく突き放し、説教口調でご主人さまの心得を叩きこむところだが、いかんせん風邪で頭がうまく働いてくれない。

彼が放してくれるまでの数分間、真子は赤面でうつむきながら温もりに包まれた。

「……おかゆ、作ってくる。そのあとで普通の薬も飲むんだぞ」

「ん……わかった」

立ち去り際、髪にふわりとなにかが触れた。

キスをされたのだと思うと、ぼぉっとしてなにも考えられず、斧を入れられた木が倒れるみたいにゆっくりとベッドに横たわった。

あんまり主従関係らしくはない。ただ、不覚にも「こういうのも、悪くないのかな」と呟いてしまって、誤魔化すように咳きこんだ。

☆

見舞いの日から数日後、真子がようやく完治して登校してきたその日、健児の携帯電話にはさっそくＭＳからの要望メールが届いた。

『体育の授業を抜けだして、二階の西側奥の男子トイレ一番手前で落ち合いましょう。合い言葉はマルキとザッヘル。拒否不可。拒否したらデカ×ン写真ばらまく』

いつ局部の写真を撮ったのかわからないが、真子なら「レイプ記念にこっそり一枚」ぐらいの気持ちでやっていてもおかしくない。

体調不良を理由に体育の授業から抜けだし、指定された男子トイレに向かったのは、脅しが怖かったからではない。彼女とふたりきりで話す機会がほしかったからだ。

結局、見舞いの日以来彼女とは会話の機会もなかったのだが、あのときの雰囲気から鑑みるにふたりの距離は以前よりも縮まったのではなかろうか。

今日呼びだされたこと自体、「今までは主人と奴隷だったけど、私もうそんな関係耐えられない……これからは健児の隣で」……と胸がときめいてところかまわずゴロゴロしたくなったので妄想を打ちきる。

ニヤけた顔のままトイレへ到着した。

個室には鍵がかかっていたのでノックをする。

「マルキ」

「ザッヘル」

内側からドアが開かれると、体操服姿の真子が待ちかまえていた。生徒たちからもれなく「だせぇ」と嘆かれる赤ジャージも、上だけ着て下が紺ブルマなら意外とセクシーである。裾を深くブルマにかぶせていると、ブルマが下着っぽく見えてそそられる。とくに真子のように愛らしい少女がストライプのオーバーニーソックスと合わせているのだから、男心をくすぐらないはずがない。

——はずなのだが。

この現状を、健児は喜ぶべきかよくわからない。

彼女はむすっと口をへの字にし、脱ぎたてホヤホヤとおぼしきブラジャーを鞭のように振るって壁を叩いた。

「完治したわよ！　お薬が効いたわよ！　ああもう、ご主人さま最高！」

「怒りながら感謝されるなんてはじめてだよ俺……」

「ハイ、これ鞭代わりにどうぞ！」

手渡されたブラジャーは、やっぱり生温かかった。

ふう、と真子は一息つく。

「さあ、しばきなさいよ。さぁホラご主人さま、この卑しい奴隷シバキ倒してサディスティックな日常を再開なさい。レッツ主従関係、ほらカモン」

声こそ抑えられているが、どう見ても眉が吊りあがっているし、目つきも攻撃的かつ剣呑だ。はじまりの日、淫具入りの巾着袋を拾ったときのように。

「俺、なんか悪いことしたか？」

「するわけないでしょ？　ご主人さまは奴隷にとって絶対正義なの。つまりあんたが黒と言ったら雪だって黒だし、あんたが猫って言えば犬だって猫、電柱がペニスみたいって言えば電柱はペニスになるの」

「言ってることはわかるけどなにが言いたいのかわからない」

「わかった、単刀直入に言ってあげる」

とん、と健児の胸に人差し指が立てられた。

「ちょっとお見舞いしたぐらいで距離が縮まったとか、対等になれたと思わないでよね。あんたはただのご主人さまで、私はただの奴隷。格が違うのよ、格が」

「な、なんだとこの、生意……気？」

一瞬、意味がわからなくなった。生意気というか、むしろへりくだるセリフなわけで、そのくせ高圧的というのが意味不明なのだが、思い起こせば最初からこんな関係だった気がしないでもない。

つまり、なにも変わっていないのだ。

健児と真子の関係は恋人などでなく、あくまで主人と奴隷なのである。

「あのときは私も風邪のせいでちょっと気が緩んだというか、図に乗っちゃったというか、小生意気な態度を取っちゃったと思うのよね。なのにあんた、病人を気遣ったのかなんかしらないけど、お仕置きせずに帰るってバッカじゃないの！」

舌鋒鋭く言い放つや後ろを向き、壁に手をついて尻を突きだしてくる。和式便器をまたぐように脚を左右に開いているので、ただでさえ短身の彼女の腰の位置は余計に低くなった。

「完治記念に足腰立たなくなるまで鞭で打てばいいじゃないの。許しを乞う声が聞こえなくなるほど激しい音をたてながらね」

ボディブローを食らった気分で、健児は返す言葉を失った。

浮かれていたのがバカバカしくなってくる。

この鷲尾真子という少女にとって、北野健児はSMプレイの相方でしかないのだ。恋愛対象にはなりえるはずがない。性欲解消のための良質なバイブみたいなものだ。

それならそれで、健児にも考えはある。

「奴隷がお仕置きの内容まで指図できると思うなよ」

ブラジャーをトイレの端に投げ捨てた。汚れていようと知ったことではないし、こういう事態にもマゾヒストなら悦びを感じるだろう。

「じゃあ、どんなお仕置きしてくれるの?」

「おまえが悦ぶかどうかなんて関係ないよ。俺が気持ちよくなれればいいんだから」

ブルマをショーツごと強引にずらそうとするが、脚を開いているせいでうまく落ちてくれない。口で命じて片脚をあげさせ、そこからブルマとショーツを引き抜いた。ぬたっと重たく感じたのは、裏地がすっかり愛液にまみれていたからだ。

「お仕置きしろとか言って、本当はチ×ポ入れてほしいだけのくせに」

「そ、そんなただの淫乱みたいなこと言わないでよ。ブラで鞭打ちって個人的にはけっこういいアイデアだと思ったんだけど……」

彼女の言い分を聞くつもりは、健児にはなかった。すでに体育用の短パンを降ろし、数日間なにかを期待してオナニーもせずに漲《みなぎ》らせてきた逸物を前に出す。

我ながら惚れ惚れするほどたくましい凶器ではないか。真子の言ったとおり、女を犯すために天が与えたもののように思えてきた。

(もういいよ、それで。どうせ俺なんて恋人にしても面白くないだろうし。セックスして気持ちよければ、お互いそれでいいじゃないか)

比べてみれば、真子の秘裂のなんと小さなことだろう。なんと低い位置にあるのだろう。卑しい身分の奴隷らしく、ご主人さまの逸物には届きそうもない。

「つま先で立てよ。まさかご主人さまに屈めなんて言わないよな?」

尻肉をわしづかみにしてやると、歓喜の喘ぎが耳に響いた。ふくらはぎが攣《つ》りそうなほどつま先立たされ、さも愉しげに股の湿度をあげる彼女が腹立たしい。

「入れるぞ……覚悟しろ」

健児はいっさいの迷いもなく、紅色に充血した縦割れへと己自身を突き立てた。

「あぁあっ、久々のレイプきたぁ……！」

「そうだよ、レイプだ。おまえなんて男にレイプされる程度の価値しかないんだ」

すべての怒りとともに憧れや愛情も出しつくすため、さっそく腰を遣いだす。

やりすぎて関係が壊れようと知ったことかと、歯噛みしながら思った。

しかしながら男心は複雑なもので、粘膜同士の触れ合いから先端に快感が蓄積されていくにつれて、このように自分を気持ちよくしてくれる真子がいとおしくて仕方なく思えてくるのであった。

「あぁん、ご主人さまぁ……！　あっ、気持ちいっ、あんっ、おま×こ狂うぅ……！おま×こ狂いのブタになっちゃうよぉ……！」

彼女なりに授業中であることを意識して声を抑えてはいるのだろうが、それでも嗚《お》咽《えつ》じみた喘ぎがトイレに響く。健児の脳髄を取り囲むように反響し、彼女の身体にいっそう溺れさせていた。

後ろから思いきり突くたび、軽い髪は跳ねまわり、細い背中は痛々しくよじれ、たわわな乳房は弾み狂う。それらすべてがいとおしくて、撫でまわしてさらに興奮を募らせていくと、さしたる時間もかからずに射精欲が募ってゆく。

「そろそろ……真子、イクぞ。このまま出すから……！」

「あっ！　ま、待って！」

真子はビクリと大きく肩を震わせ、泣きそうな顔で振り向いてきた。

「今日は危険日だからダメなの！　ほんとこれだけは絶対に！」

「でも、ここまできたら中出しで最後まで……」

「お願い……許して……！」

声の震えも怯《おび》えた表情も真に迫っている。おそらく今までみたいなマゾヒズムに浸った拒絶ではない。

考えてみれば当然だ。いくらマゾヒストだからって恋人でもない男に妊娠させられてよいはずがない。

健児と真子は、あくまでSMプレイのご主人さま役と奴隷役にすぎないのだ。

「わ、わかった……じゃあ、呑めよ」

股ぐらの痺れが限界に達した瞬間、温かく狭苦しい沼沢からペニスを引き抜き、彼女の髪の毛を引っ張ってしゃがませた。

「あぁ、呑むぅ……風邪薬、また、あっ、うれしいぃ……！」

少しでも心地よい場所を求めて、彼女の口内で射精する。勢いあまって彼女の頬の裏を突いてしまったが、かまうことなく放出感に身を任せた。

「あぷっ、ぢゅちゅぅ、ぷあああぁ……！　んりゅっ、出へるぅ……んぐっ、んっ、おいひっ、んっ、あんっ」

頬肉を突かれて歪んだ口もとを恥じもせず、彼女は目を糸にして白濁を啜った。頬越しに手のひらで亀頭を刺激しつつ、残った手では自分の股ぐらまでいじりまわすのだから、さぞかし被虐感を満喫していることだろう。

健児にしても、イキながら亀頭を刺激されて目もくらむほどの快感を覚えてはいたが、内心では寂しさが拭えなかった。

(どんなに近づいても、結局はセフレ止まりなんだな)

奴隷の少女にたっぷり欲望を吐きだしながら、気分は重たくなっていくばかりであった。射精がとまるともっとつらい。好みじゃないオカズで無理やりヌイたあとみたいに虚しさが胸にひろがっていく。

「やっぱりおいしいです、ご主人さまのどぴゅどぴゅヨーグルト」

真子は立ちあがると、口もとにこびりついた分も舐めとってニッコリ笑った。すっかり機嫌は直ったようで、交わる前の挑戦的な目つきもどこかへ消えている。

健児は着衣の乱れを直し、外にだれもいないかを確認した。

「戻ろうか。保健室のほうはオマエが使ってくれ。あの先生テキトーだから口裏合わせてくれるだろうし」

「ご主人さまは？」

「適当になんとかするよ」

サボリ扱いでも別にかまわない。ご主人さまが黒と言ったら雪も黒になるのだから、一回や二回の不真面目も許されてしかるべきだ。

「んじゃ、鶴城たちにバレないようにな」

「あ、うん……次、いつ私をいじめたい？」

「まあ適当になんとか」

一足先にトイレを出た。

教室に向かうにも、投げやりで適当な足取りだった。


去りゆく健児の背は寂しげだった。

「悪いことしちゃった……かなぁ」

女の子としては当然の対応だが、普段から奴隷の態度で接してきたのに今さら、という感がなくもない。

だが、万が一にも受精をしたら学内プレイどころの話ではなくなってしまう。排卵日の子宮で精子を受けとめることは想像するだに甘美な気分にさせられるが、一時の気の迷いですべてをふいにしてしまうほど真子はバカではない。彼との関係は一時の勢いみたいなものではじまったけれど、それはまた別の話として。

もし妊娠してお腹が膨らんだら、ふたりの爛れた関係を隠しきれないだろう。もし引き離されたら、今みたいにトイレの鏡に映ったドロドロの童顔を眺めながら、白濁色を指で口内に集めて苦みを愉しむことだってできなくなる。

「んっ、ちゅる……うーん、おいしい。鬼畜なドSの味がする」

この精液を味わえなくなるのはもったいない。一時の快楽に狂って健児を失うのはあまりに惜しい。なんだかんだで、彼はよく付き合ってくれている。思わずMの股がキュンとくるほど、S役を演じるのがうまいのだ。

演技――なのだと思っている。根っこにSっ気があるのは確かだが、人間というのは根っこだけで構成されている生き物でもない。無味乾燥で地味な顔立ちも彼の性格の一面を表しているはずだ。

真子にしても、自身の背の低さや切れあがった目つきなどは内面のなにかを象徴しているように感じていた。たとえば、臆病さと攻撃性とか。そういった部分が健児を傷つけてしまって、今回みたいに寂しい背中をさせてしまったのだとしたら――

ウンザリされて、飽きられてしまったら。

「……バッカみたい。年頃の男が便利な肉便器を手放すはずないじゃない」

トイレで長々と考え事をするのもどうかと思うので、適当に切りあげることにした。髪についた精子もなんとか落とせたし、匂いは手持ちの消臭デオドラントで誤魔化せる。

（でも、いつかは……ザーメンまみれの淫乱顔で街中を闊歩してみたいなぁ）

甘美な妄想でぐふふと笑いながらトイレを出て、保健室を目指して方向転換した。

「真子ちゃん……泣いてるの？」

気配もなしに後ろから声をかけられ、ぐふふ笑いが喉につまる。

「ぐふふぉへっ、ぐふっ！　よ、よっちゃん？」

眼鏡で短身の蔵部四葉は、笑ってるのか驚いてるのかよくわからない真子の顔を見て、あからさまにリアクションに困っていた。

「な、泣いてないわよ。風邪でちょっと喉がいがらっぽかっただけ」

「ならいいんだけど……体調は平気？　心配だったから様子を見にきたんだけど」

「鶴城に言われて監視にきたんじゃないの？」

「そういう面もあるけど……でも、今は私だけだから安心して。北野くんとのことも黙っててあげるから。私以外はたぶん気づいてないし」

またぐふぉっと変な息を噴きだしそうになったが、どうにか堪えることができた。

この局面でこそ平静は保たなければならない。

「なんのこと？　私と北野くんに接点なんかないじゃない」

「えーと、言いにくいことなんだけど」

四葉は廊下に人がいないことを確かめると、体操服のどこに隠し持っていたのか携帯電話を取りだし、液晶画面に画像を表示した。

十字型の邸宅に入っていく健児の姿が、ばっちり盗撮されていた。

（おもいっきり尾行されてるじゃないのよ、ご主人さま！）

真子は氷の彫刻さながらに硬直し、小さな口をピクピクッと震わせる。

完全に油断していた。よっちゃんは鶴城と違ってマトモに会話のできるタイプなので、ごくごく普通の友達付き合いをしている気分だった。自分より背が低い少女が可愛らしく見えたという面もある。

あるいは、その短身小軀をうまく利用して尾行していたのだとしたら。

さっきだって完全に真子の不意を突いて背後を取っていた。双眼鏡を突きだしてバレバレの鶴城や菱沼とはまるで違う。もしかすると、今回や写真の時以外にも、彼女の監視に気づかないまま肉奴隷プレイに興じていたことがあるかもしれない。

「だいじょうぶ、鶴城ちゃんには見せてないから」

内気で奥手なタイプに見えて、静かな微笑みには芯がある。鶴城に付き合ってマコマコ団などという妙なグループを作ってはいるが、盲従しているわけではないらしい。

「ち、違うの、ほんとうに……！　べつに付き合ってるとかじゃなくて！」

「家で看病してもらったり、一緒にトイレに入ったりする程度の仲だよね？」

「あ、あうぅ……ちょ、ちょっとこっち来て！」

四葉の手を取り、もう一度トイレに引きかえした。

この日、鷲尾真子ははじめて他人に健児との関係を相談するハメになった。

ツンマゾ4 休日なんだから〈拉致監禁調教〉してよね!

土曜日からはじまる三連休初日の昼、やけに重たい荷物が宅配便で届いた。

差出人は駒忍和。中国人か、それとも父の劇団関係者が役名で発送したのかと思ったが、宛名は隆憲でなく健児になっている。

「イタズラかな……警察に届け出るのも面倒くさいなぁ」

できるなら今日は一日、真子のために費やしたかった。具体的には、彼女を呼びだしてデート的な行為に及ぶつもりであった。彼女との縮まるようで縮まらない距離を、デートを通じてなんとかしたかったのだ。

本当なら昨日までに約束を取りつけるつもりでいたが、どのように切りだせばいいのかわからず悩みつづけて今日という日を迎えてしまった。もしストレートに電話で誘ってみたとしたら、

「デートなんて恋人同士がするものでしょ。せめて首輪つけて散歩に連れてってやる的なノリで誘いなさいよ。そろそろ私たちの関係を理解したら？」

などと返されるに決まっている。

両親は朝早くから遠地の公演に出かけており、家には健児ひとりしかいない。一対一で荷物と向き合い、どうしたものかと思案する。サイズにしておよそ幼子がひとり入りそうな段ボール箱で、手足を折りたためば大人でもなんとか入りそうだ。ためしに側面を蹴りつけてみた。中身が壊れるのが怖いので、表面が窪むこともない程度の軽い一撃だ。

「う……ぁ……っ」

聞こえてきたのはくぐもったうめき声だった。

耳を澄ませてみれば、うめきが途絶えてもかすかに空気が抜けるような音が断続的に聞こえてくる。押し殺しても殺しきれない息遣いである。

まさか、なにか、なかにいるのか。

タールのようにどす黒い予感が心胆にこびりつく。

「……開けるぞ」

言葉の通じない小動物なら、まだいい。もし言葉の通じる生き物がなかにいるのだとすれば、それこそ大事《おおごと》だ。言葉の通じない猛獣がいても、別の意味で大事だ。

警察を呼んだほうがいいかもしれないが、もしなかにだれかがいるなら、一刻も早く出してやらなければ命に関わるかもしれない。

カッターナイフやハサミを使ってなかのものを傷つけるのは憚られるので、ガムテープは爪で裂いた。

開いてみれば、その最上段には箱のサイズにぴったりの段ボール板がはめこまれていた。それを取りだすと、一面にひろがるのはピンクのバスタオル。バスタオルを剝がして放りだすと、今度こそ本命が待ち受けていた。

しばし言葉を出せない。きつね色の髪が二本、開封の風にあおられて小さく揺れる。獣毛でなく、柔らかな人の髪だ。その下には黒い革の帯と、ピンポン玉に穴を空けてバンドを通したようなものが見える。

帯が隠すのは視界。目を塞いでいた。

ピンポン玉が覆うのは口腔。穴からとめどなく甘い匂いの唾液がこぼれていた。

鷲尾真子がそこにいた。

「うわあぁっ！　ま、真子ぉ！」

情けない声をあげてしまったが、腰を抜かさなかっただけ自分にしてはがんばったほうだと思う。

視界と言葉を封じられた真子は、健児の悲鳴に反応して顔をあげた。

「むー、うむー」

生きているのは安心だが、苦しげなうめきがまた凄惨さを際立たせる。

「ああ、真子、なんてこった！　て、手足は！　手足は無事か！」

こういうシチュエーションは漫画で見たことがある。主人公が送られてきた荷物を開いてみると、なかには両手両足を切り落とされた恋人がいたというものだ。幸いというべきか、真子の四肢は健在であり、手錠で拘束されて膝を三角にする体育座りで段ボールに押しこめられているだけであった。

首もとの開いた黒のセーターと赤チェックのミニスカート、黒のオーバーニーソックスという可愛らしい衣装も無理やり破られた様子は見受けられない。膝下までのブーツを履いているところから推理するに、外出中に拉致《らち》されたということか。

しかし、なぜ。

健児は震える手で目隠しをはずしてやりながら、心のなかで疑問を掲げた。

なぜ、拉致した真子を健児の元まで送りつけてきたのか。

送りつけられた以上は、健児と真子の接点を知る者が実行犯ということだ。

「真子、だいじょうぶか？」

どうにか目隠しをはずすと、大きな目は涙を浮かべながらも気丈に吊りあがっていた。

「口のもはずしてやるぞ、すぐだからな」

ピンポン玉の金具をはずし、口から取りはずしてやると、唾液がぬったりと糸を引いた。淫靡な粘液の動きに見とれている余裕もない。真子がむせかえっているので冷蔵庫へ走り、ミネラルウォーターをペットボトルからグラスに注いで運んだ。

「ツバ垂れ流して口のなか渇いてるだろ。咳がとまったら飲め」

真子が落ち着いて水を飲むのを待って、彼女の腋をつかんで持ちあげてやる。いつまでも狭苦しい段ボール箱に置いておくのも気の毒だ。

うぅ、と小さなうめきが聞こえた。歯ぎしりをして、悔しさを隠しもしない彼女の顔は、あどけなさが残るからこそ哀れみを誘う。持ちあげてわかったが、体重だって恐ろしく軽いのだ。胸は大きいくせに、子供みたいに軽々と抱えることができる。

廊下のフローリングに降ろすつもりであったが、この軽くて小さな身体でどれほどの恐怖に立ち向かっていたのか想像した瞬間、健児はいても立ってもいられなくなって真子を抱きしめていた。

彼女の温もりに腕がとろけそうになる。欲情とは別の熱くて灼けるような衝動が胸いっぱいに満ちた。

俺が守ってやらないと。そんな想いに駆られてしまう。

変態でも、淫乱でも、マゾヒストでも——やっぱり鷲尾真子のことが好きだから。

「もう安心していいぞ。ここには俺がいるから」

「ぁ、うぅ」

いまだショック状態にいるのか、真子は苦しげにうめいたかと思うと、突如として家中に響きわたるほどの大声をあげた。

「ッのバカァ！　大バカぁ！」

首を交差させて抱きしめていたので耳もとに直撃である。たまらず健児は身を離してしまった。

真子は鼻息も荒く健児を睨みあげる。思いどおりにならない現実への怒りが、少女の全身から陽炎《かげろう》めいた熱気を漂わせていた。

「せっかくお膳立てしてやったんだから、気にせず拉致監禁しなさいよ！」

ああ——そんな嘆きの感嘆符をこぼさずにはいられない。

健児とて、心のどこかではわかっていた。なんとなく純愛関係に発展しそうなシチュエーションに期待して、もっともありそうな可能性から目を逸らしていたのだ。

差出人の「駒忍和」を無理に読もうとすれば「こまおしわ」と読める。逆から読めば犯人は一目瞭然だ。

「……長旅ご苦労さま」

「まあね、肩とか凝っちゃったわ。マッサージしてちょうだい、鞭でビシビシと」

まあ、そんなもんだよなぁ。諦観じみたため息が出そうになるが、ぐっと呑みこむ。Sだ。今はドSになるのだ。この女の相手はドSでなければ務まらない。ひたすらイジメにイジメまくり、真子がヒィヒィ悦んで自分から「恋人にしてくださぁい♡」と言いだすまで満足させてやるしか、今の健児にできることはない。

Sというかただの犯罪者のような気もした。

健児はマコマコ団の監視対策に家中のカーテンを閉ざした。

近頃は真子のまわりだけでなく健児のまわりにも団員が潜んでいる気配がある。昨夜、自室の窓から外を見ると、家の前の道路でトレンチコートにサングラスの女の子が警察に職務質問されていた。

外からの視線をシャットアウトしてから、退屈そうに真子が待っている廊下に戻る。段ボール箱の隅っこに淫具のつまったナップサックが置いてあったので、まずは初体験の時にも使った首輪と鎖を取りだし、真子につけてみた。

「ふ、ふふん、ちょっとは理解してきたじゃないの、雌犬の扱いってやつを」

強がるような笑みがプルプルと震えるのは、歓喜に全身がうずいて仕方ないからだろう。少し首輪を引っ張っただけで、呼吸をつまらせながら拘束された両手両足で這いずりまわって随行してくる。

ダイニングとひと繋がりのリビングに入り、ローンを組んで一軒家を建てた両親に内心で謝りながら、健児は偉そうにソファにふんぞりかえった。

「それで、そこの犬。おまえはなんでこんなバカバカしいことを？」

「決まってるでしょ」

真子は床を這いずり、自慢げに小鼻をヒクつかせる。

「せっかくの休日じゃないの。ご主人さまに好きなだけシバキまわしてもらおうと一大決心してきたの」

ご主人さまと一緒に過ごしたかった、と取れなくもない。字面に惑わされるから複雑な気分になるのだ。ここは深読みして、彼女的にはふたりきりの時間を楽しみたかったのだと解釈して心を奮い立たせる。

話を聞いてみるかぎり、真子は両親にオペラを見に行かないかと誘われたのだが、友達との約束があるから無理だと突っぱねたらしい。両親は連休の最後まで帰ってこない。だから家を空けていても問題ないとのこと。

「でも段ボールは……自分では閉じられないだろうけど、どうしたんだ？」

「ちょっと協力者ができたの。あ、べつにご主人さまにレイプされたとか悦んで調教されてますなんて暴露してないから。ただ、鶴城たちの監視の目をかいくぐるにはこれしかないのーなんてお願いしてね」

「手錠とか見せたら言いわけできないだろ」

「段ボールに閉じこめてもらってから装着したに決まってるでしょ。脚とか手とか攣《つ》りそうになって大変だったんだから。ご主人さまのせいでほんと痛い思いしちゃったわ。めちゃ興奮した。どう責任取ってくれるの？」

恨みがましく言いながら、目尻も口もとも嬉しそうに緩んでいる。

「同情の余地ないだろ。自業自得じゃないか」

首輪を引っ張って綿菓子みたいにほわほわのほっぺたをつねってやる。これはご褒《ほう》美《び》だ。わざわざ苦しい思い（ということにしておく）をしてまで我が家を訪ねてくれた健《けな》気《げ》な雌奴隷への。もちろん真子は満足そうに目を細める。

たしかに箱詰め宅配便作戦はマコマコ団の目を欺《あざむ》くのに最適の試みだ。もし普通に出かけているのを見つかれば、途中で撒いたとしても外出したという事実は残る。そもそも外に出なかったとすれば怪しまれる可能性は少ない。

別の問題が山積みのような気もするが、本人も満足そうなので異論は差し控える。

（自分の家でふたりきりってのも美味しいしな。ざまあみろ、鶴城）

私服姿の真子をじっくり眺めれば、一種の新鮮味も感じられた。セーターにミニスカート、オーバーニーソックス、黒と赤で制服よりシンプルにまとめているせいか、真子の小柄な肢体がいかにバランスよく構成されているかがよくわかる。均整の取れたモデル体型とは言わずとも、見ていて惚れ惚れする可憐な小軀だ。

黒セーターは薄手のウールなので、彼女の肉体で唯一バランスを壊しかねない豊満な胸をくっきり浮かべている。開いた首もとからのぞける白い鎖骨が、女らしい肉づきをさらに強調しているように見えた。

こんな少女が気丈な吊り目で上目遣いをしてくるのだから、抱きしめてもみくちゃにして転げまわりたくなるのも仕方ない。あくまで可愛がりたいだけであって、いじめたいわけではないのだが、そこは誤差の範囲内とみなす。

「わざわざこんな真似したんだから、覚悟はできてるんだろうな」

あえて冷たい口ぶりで見下すように言い、細い顎をつかんで持ちあげた。

「む、ご主人さま、もしかしてノリ気？　ふぅーん、普段はグダグダ文句言うくせに、自分の家ならいきなり尊大だなんて、とんだ内弁慶《うちべんけい》ね」

憎まれ口もお仕置きを期待してのことだろう。目くじらを立てても仕方ないので平静を保ち、彼女の顎をつかんで指先で頬を圧迫した。口もとの歪みに情熱的な口淫を思いだし、ちょっと股間が熱くなる。

「奴隷なら奴隷らしい口の利《き》き方があるだろう」

「お、おお、な、なにそれ。なにその傲慢くさいセリフ。ノリノリね？　内弁慶全開でやる気満々ね？　うわぁ、こわーい」

「ノリノリはそっちだろ」

彼女の頭を真下へ押さえつけ、ホットカーペットで顔を打たないようギリギリでとめた。抵抗を感じなかったのは、ぶつけられてもかまわないという覚悟——というより、むしろ痛いの大歓迎という心意気のためだろう。

「足を舐めろ、靴下も脱がしてな」

ドMの真子に対して、この程度の命令は挨拶代わりにしかならないだろう。しかし、何事においても挨拶は大事なものである。

「ふ、ふふん、いつもよりノリがよすぎてちょっと戸惑うけど、いいわよ。私が正真正銘のマゾ犬だって証拠を見せてあげる。びっくり仰天した勢いでやりすぎなぐらい徹底的に調教しなさい！」

真子は下賜された宝物を掲げるかのように健児の右足を恭しげに持ちあげ、靴下を脱がせていく。冬場であまり汗をかいていないとはいえ、けっしてよい匂いがする場所ではないのに、彼女の目は香に当てられたみたいに蕩《とろ》けていく。

次に蕩《とろ》けたのは、彼女の口づけを受けた健児の足の甲だった。

「ちゅっ、ん……しょっぱい……ぢゅるっ、るちょっ」

唾液の粘つきと水音を引きずって、サクランボの果肉みたいに鮮やかな色の舌が指先へとスライドする。匂いと汚れの集まった指の股まで舐められると、健児の背筋は快美感に粟立ち、肩がゾクゾクッと震えた。

「そんなにうまいのか？」

「まずいに決まってるでしょ……まずいから余計にドキドキするのがマゾ奴隷なの」

ただ足を舐めているだけで、真子は色気まじりの微動に腰を揺らす。

やがて彼女は舌を出して舐めるのでなく、足の指を口内に招いてしゃぶりだした。指と唇の間で蠢《うごめ》く赤い粘膜を見るうち、否応なく淫靡《いんび》な気分が健児のなかで色濃くなる。こそばゆさが快感に変わり、全身そこらじゅうに鳥肌が立った。

視界に映る真子の姿がやけに小さい。それこそウサギかリスのように。

（あんまりいじめたら、本当に壊れそうだなぁ）

怖気づく気持ちが生じるのはいつものことだ。

しかし、それと同時に今までとは段違いに熱く弾けるような想いが脳天を突く。

（泣くまでめちゃくちゃに、泣いてもグチャグチャにしてやりたいなぁ）

自分がなにを考えているのか、理解しようとした瞬間、視界が窄まり、耳鳴りで鼓膜が痺れた。頭が真っ白になったかと思えば、ジーパンの生地がゴワゴワして膨脹した股間が痛いなぁと、現実逃避のように考えてしまう。

なにを考えていたのだろう？

自問自答とともに、ゆっくりと視界が回復していく。

眼下では真子が先ほどまで以上に這いつくばっていた。床に頬を擦りつけ、浮かせた尻をビクビクッと痙攣《けいれん》させる。彼女の頭を踏みにじって床に押しつけているのが自分の足だと気づいた直後、信じられないほど横暴な声が聞こえてきた。

「ご主人さまの足がまずいなんて、大したご身分だな。犬のほうがまだ行儀がいいぞ。だいたい汚いのはおまえのヨダレだろ。匂いが取れなくなったらどうするんだよ」

「はあッ、あぁぁ……！　ご、ごめんなさい、ご主人さまぁ」

「謝っても許さないけどな」

頭を踏みつけたまま鎖を引っ張ると、固定された喉に首輪が食いこんで真子の口から嘔吐《おうと》じみたうめきがもれだす。うめきが咳に変わっても健児の手はとまらない。

「どうだ、苦しいか？」

「く、くるしっ、けほっ、んはっ、ナ、ナイス虐たいひっ、ごほっ」

「もっと苦しめてほしいか？」

「くふっ、な、なんだかアンタ、今日は本当におかしくなっ、ごふっ、んあっ、ちょ、ちょっと待っ」

「待たない」

足を頭からはずして、そのまま鎖で首を持ちあげる。咳きこむ真子の顔を膨らんだ股間に引き寄せ、ジーンズ越しの熱源を口もとに擦りつけた。

「ここだって雌豚の穴に突っこんだせいで汚れたんだぞ。オマエのせいだよ。オマエが雌豚だから、俺は獣姦させられたようなもんだよ」

「そ、その言い種は非常に私好みではあるんだけど、いつもと激しく違うテンションに戸惑いを隠せない雌奴隷鷲尾真子であります……！」

「ブヒブヒうるさいなぁ、もう！」

思いきり平手を振りかぶる。

迎え撃つのは、怯《おび》えと喜悦の入り交じった上目遣いであった。

(な、なにやってんだ、俺！)

理性的な思考と荒れ狂う欲望がカチ合って火花を散らす。

女の子に全力でビンタは、いくらなんでもまずい。尻にスパンキングならまだプレイの範疇《はんちゅう》だが、顔にビンタはシャレにならない気がする。

渾身の力で暴走する右手を硬直させた。それをきっかけに、口も表情もビデオを巻き戻すように健児の支配下に戻っていく。

「ハイ、ここでタイム！　ちょっと休憩に入りまーす！」

健児は首輪の鎖を投げて逃げだした。猛ダッシュで廊下に出て階段を登る。

「えっ、あの、お預けにしても唐突すぎ！　いくらなんでもその焦らしはＳＭですらないじゃないのよ！」

真子の声が後ろから聞こえてきたかと思うと、壮絶な転倒音が家を揺らす。何事かと思って立ちどまりそうになったが、今は彼女と同じ空気を吸うわけにはいかない。演技が演技でなくなってしまう。

たぶん手足に手錠がつけられているのに立ちあがろうとして、思いきり転んだのだろう。多少痛い目を見てもだいじょうぶ、彼女はマゾなのだから。

自室に駆けこむと、閉ざしたドアに背中からもたれかかって息をつく。

深呼吸をして落ち着きたいのに、重たいものを引きずる音が階段を登ってきて、部屋の前で停止した。ホラー映画でこういうシチュエーションあるなぁと、冷静さを装った思考を表層に塗りたくる。

「こ、このご主人さまめっ！　放置プレイにもムードってもんがあるでしょ！」

「真子にムードがどうこうって言われるとちょっとショックだ」

「なによ、ギリギリまではいいノリだったのに！　ヘタレS！　ED！　ていうか頭を踏まれたときは軽くイッちゃいました！　あのノリでプレイ続行希望！」

ドアの向こうから押しかえしてくる圧力を感じた。真子がドア一枚を隔ててもたれかかってきているのだとわかると、どうしても焦燥が募る。さっきの続きをしたいという魔物じみた衝動が心に潜んでいるから、余計に焦りを感じずにはいられない。

「お互い少し落ち着こう。真子だってちょっとビビってただろ」

「ビビらせるプレイじゃなかったの？」

本気でやってました、などとぶっちゃけられるほど、健児は先ほどの自分を受け入れることができていない。

言葉につまると、そのままふたりの間に沈黙が寝そべった。

「……もしかして、引いちゃった？」

「いや、そうじゃなくて」

「嘘よ。私だってバカじゃないんだから。わかってるわよ、アンタが私のために演技してくれてるってこと」

いや、そうじゃなくて——と、同じ言葉を繰りかえすのは芸がないような気がして、口ごもってしまう。

ほんの一瞬、ふたたびの沈黙。それが肯定を意味する沈黙だと取られかねないことに健児が気づいたのは、真子の悲痛なうめき声を聞いてからだった。

「ううぅぅ……やっぱり演技だったんだ」

北野健児はごく一般的な少年である。一般的という概念にも幅はあるが、モテるモテないの基準で言えば、モテないほうの人種である。

男女関係において相手を泣かせた経験などない。鼻をぐずぐずと鳴らしながらこんなことを言われたら、動揺せざるをえない。

「わかってるわよ……私の趣味が普通じゃないことぐらい。でも、しょうがないじゃないの。どうしようもないのよ。今さら治しようがないもん」

言葉を返せない。なんと言っていいのかわからない。演技で冷静さを保って現状にふさわしいアドリブを紡ぐことなど、できるはずもなかった。

「それともなに？　女の子がマゾだといけないの？　私が……健児に、いじめられてみたいって思っちゃいけないの！」

ちょっと攻撃的な口調になっていたが、涙声では悲痛さが増すだけだ。それこそイジメているような気分にさせられる。

それでもセリフが思いつかなかったので、健児はとうとう観念した。

「ダメなわけないだろ！」

思いきりドアを開けると、真子が芋虫みたいにごろんと転げてきた。健児はじゃらりと音をたてて床に落ちた鎖を拾い、無理やり引っ張って彼女の首を持ちあげる。涙に濡れた真子の顔を鼻先まで引き寄せて、真っ向から睨みつけた。

体が自然と動くに任せていた。今は本能のまま自分を晒けだす以外に、真子と向き合う手段が残されていない気がする。

「俺だって慣れないだけだよ！　いちいち泣くなよ！　むしろマゾなら悦べよ！」

「な、なによ！　いきなりテンションあげられても困るわよ！　行動が一貫しないご主人さまなんて扱いに困っちゃうじゃない！」

「扱うのはご主人さまのほうだろ！　本当にもう容赦《ようしゃ》しないからな！　俺だってべつに、Ｓっ気ゼロってわけじゃないんだよ！」

真子を引きずって階段へ向かった。さすがに両手両足を拘束されたままの彼女を降りの階段で引っ張るのは怖いので、思いきって抱えあげてみた。

「きゃっ、ちょ、ちょっと！　なによ、この抱え方！」

「お姫さまだっこだろ！」

真子がロマンチックな体勢を好むはずがないのはわかっている。泣き顔が羞恥に上気するのは予想どおりだが、傲慢なご主人さまは奴隷の不満に聞く耳など持たないものだ。

しばらくもがいていた彼女だが、一階にたどりつくころには顔をうつむけて肩を縮め、無言のままプルプルと震えていた。よっぽど恥ずかしいのだろうが、健児の腕だって負けずにプルプルと震えている。いくら小柄で軽いとは言っても、数十キロはあるのだからつらくて当然だ。

「あうぅ……こんなのご主人さまと奴隷の関係じゃない……」

か細い呟きに、健児は違和感を覚えた。

もしかすると、自分は少し思い違いをしているのではないかと考えたとき、腕のなかで真子にバタつかれて手を離してしまった。

「ふぎゃっ」

真子が尻から落ちて子猫みたいな悲鳴をあげた。手錠が邪魔で尻をさすることもできず、涙目で見上げてくる。

「生意気な目つきしやがって！　こうなったら、キレた俺のS力を見せてやる！」

「どうせ演技のくせに！　わかってるんだから！」

なんだか雲行きが怪しくなってきたが、健児は自分を奮い立たせるように真子の首輪を引っ張った。


天野《あまの》鈴《りん》の飼い猫はすぐに家からいなくなる。

バットという名前が災いしたのか、メジャーリーガーのホームランより遠くまで飛んでいき、数日帰ってこないこともザラだった。ボールでもないのに生意気な、と思う。

せっかくの三連休が猫捜しで潰れてしまうのも、両親に無理を言って野良猫を飼いだした鈴の自業自得である。鈴は小学生なりに責任感の強い少女だった。

厚手のパーカーにスパッツという軽装で家から出ると、お隣の北野健児が庭でなにやら作業しているのが茨垣の隙間から見えた。

「こんちゃーっす、ケンにぃ」

庭の隅のプレハブ物置と母屋《おもや》の間を行き来する健児に、塀越しに手を振った。

「こんちゃっす」健児は愛想よく返してくれた。

鈴は健児の穏和な笑顔が好きなので、負けじと笑顔を返すことにした。猫捜しは急がずとも、家庭教師が来るまでにすませればいい。

「ケンにぃ、また小道具造りの手伝い？」

「ちょっとね」

父の劇団の小道具造りを手伝う健児の姿は休日によく見られる。北野家の人間は手先が器用で、鈴の家の庭にウッドデッキを作るときも家族ぐるみで手伝ってくれた。余談になるが、釘の打ち方を教えてくれたときの健児が妙にたくましく見えたのが、鈴の初恋でもある。

「そういえば鈴ちゃん、猫は見つかった？」

「見つかってもすぐいなくなるんだ。よそのだれかに懐いたのかなぁ」

「俺まだ猫見せてもらってないから、捕まえたら見せてね」

よいしょ、とかけ声で気合いを入れて、健児は大きなズタ袋を母屋に運んでいく。

あおぉ、と奇妙な鳴き声が母屋のほうから聞こえてくる。飼い主が恋しくて寂しがる犬のような声音だ。

「ケンにぃって犬飼ってたっけ？」

庭に面した掃き出し窓の陰に隠れているのか、その犬の姿を見ることはできない。

「ちょっと知り合いのを預かってるんだ。おーいマコ、鈴ちゃんにご挨拶しろー」

ひゃおうん、と腹を蹴られたような情けない声をあげる。よっぽど気の弱い犬なのだろう。子犬なのかもしれない。

「見ていく？」

「うーん、犬はあんまり好きじゃないからいいや」

「それが賢明。油断したら噛むしね、アイツ」

「私だって噛みかえすよ、がーって」

鈴は可愛らしく歯を剝き出しにしておどけ、ふたたび手を振って猫捜しを再開した。

それにしても、と少し首をかしげる。

先ほどの鳴き声に聞き覚えがあるように思えたのは、はたして気のせいだろうか。


健児が工作用具をプレハブ物置から運んでくる間、真子はひたすら従順な犬でありつづけた。

体高の高い犬で、四つん這いでなく腕と脚を伸ばして腰を突きあげる体勢である。

当然、尻が頭より高くてバランスが悪い。あらかじめ足の錠をはずしてもらったので、少し股を開いてどうにか均衡を保っていた。

ここは我慢時なので、震える手足に力をこめ——たいところだが、股ぐらに挿入された小指程度のバイブがかすかに震えて力を奪う。

そしてそれ以上に、菊座を割りひろげた直径二センチほどのピンク玉×四が厄介なのである。バイブ同様、真子が段ボールに入れて持ってきたもので、俗に言うアナルビーズというやつだ。

ひとりで使ったことはあるが、他人の手でローションをまぶされ、むぢゅりむぢゅりと粘液の爆ぜる音を聞きながら挿入されるのはそれだけで鳥肌が立つほどの快感で、直腸が拡張される感覚も背骨が痙攣《けいれん》するほど心地よかった。

問題は、環形の取っ手に輪ゴムが通され、その両端がカーテンの房掛けに引っかけられていることだ。尻がさがればゴムは伸びるが、伸張率の限界を超えればゴムが千切れるか、ビーズが引っ張られて抜けてしまう。抜ける際の刺激はもちろん気持ちよかろうが、それに浸ることは許されない。ご主人様から下されたルールがあるのだ。

ルールその1。掃き出し窓の隅に寄せられたカーテンの陰に隠れていること。

ルールその2。よしと言うまで人間語は喋らないこと。

ルールその3。ケツのものを最低一個は咥《くわ》えこんでおくこと。

ルールその4。ゴムを千切ったり房掛けからはずしたりしないこと。

ひとつでも破ればお仕置きもご褒美も一日お預け。

「わ、わふふん、わふっ、くぅん、あふぅん、んくぅぅうん」

人間語に訳するなら、

「ふ、ふふん、演技のわりにはがんばってるじゃないの」

というところである。

「わん……わふぅ、わんわんくふぅん、わわんわわわんくんふくぅん」

訳。

「でも、ルール3は私をちょっと舐めすぎじゃない？　いったん咥《くわ》えこんだら離さない魔性のマゾ穴二号、それが私のアヌスなんだから」

自己開発も大して進んでいないので、腸肉がまだ固いのだ。深くまで入りこんだビーズを腸壁が痛むほど締めつけて離そうとしない。かと思えば、膣穴のバイブレーションに感化されて甘い痺れとともに緩んでしまう。

「んっ、はふぅ、わふぅ、んっくぅ」

訳すると、「もったいないから意地でも咥えつづけてやる」といったところだ。

命令されたからというだけでなく、ただ排泄孔に異物を咥えこむのが気持ちよいから、小さな尻を淫らに突きあげているのだと思うと、あさましい自分への侮蔑と羞恥がそのまま身体を熱くする。

（わ、私、やっぱり変態だ……さっきまであんなふうに泣いて同情買ってたのだって、きっとこんなふうにしてほしいから、泣き落としたみたいなもので……）

最低だ。健児の善意につけ入って快楽に耽《ふけ》るなど、ただのマゾでなく性格も悪い。だが、それでも、健児だってやっぱりSの素質が充分にある。さっきは取り乱してしまったが、すべては杞憂《きゆう》だったのかもしれない。生粋の清純派、一般人であれば、こんなステキな責めを思いつくはずがないではないか。

「こんちゃーっす、ケンにぃ」

「こんちゃっす」

平然とだれかと会話をしているあたり、度胸だって据わっている。

（相性いいのかもね……健児と私って）

庭の会話に耳を傾けながら、無理な体勢に手足を震わせて快楽を貪った。下着はつけていないので、バイブに押しだされた愛液が太腿を伝ってこそばゆい。膝の力が抜けていきそうになるのを堪えていると、喉から自然と犬のような声がこぼれる。

「あおぉ」

「ケンにぃって犬飼ってたっけ？」

明らかに小学生ぐらいの女の子の声だ。きっとなにも知らない無垢な年頃だろう。そんな少女のすぐ近くで、性器どころか排泄器を使ってケダモノの悦楽に耽る自分がひどく穢《けが》れているように思えて、これがまた猛烈に燃える。

足の震えが大きくなった拍子に身体が後ろに傾き、カーテンに股ぐらを押しつけてしまった。さしたる刺激でもないが、不意打ちだったので全身が打ち震える。

「ちょっと知り合いのを預かってるんだ。おーいマコ、鈴ちゃんにご挨拶しろー」

しかも健児にリモコンを操作されたらしく、バイブが猛然と首を振りだした。なまじサイズが小さいせいで、先端が膣の腹側でもっとも過敏なGスポットを直撃する。

（ひっ、あぁぁ、これ効ッくぅ……！　気持ちよすぎるぅ！）

膝が、ガクンと落ちた。たちまち尻穴で喜悦が痺れる。ビーズがひとつ、ズポッと派手に音を鳴らして抜けてしまった。

「ひゃおうん」

獣のような断末魔とともに、真子の股ぐらが灼熱と麻痺感の爆発に見舞われた。脳細胞が沸きたつオルガスムスに、それでも真子はどうにか立ち向かい、太腿とつま先に力を入れて膝が折れるのを防いだ。脚の強張りが括約筋にまで伝わったのか、膣口も肛門もはむはむと淫具をしゃぶって法悦に快感の追い打ちをかける。歯噛みの隙間からこぼれたヨダレがカーペットを汚した。

ただ無心で味わっていれば気持ちよいですむだろうが、その快感に抗《あらが》うように体勢を保つことは拷問のように全身の活力を奪っていく。

（でも、命令だから、我慢しないと……こんなに熱くなってるのに、一日もほっとかれたら頭がおかしくなっちゃうもん）

手足の力を蝕むような快感に耐えていると、庭からのんきな会話が聞こえてくる。

「見ていく？」

「うーん、犬はあんまり好きじゃないからいいや」

「それが賢明。油断したら噛むしね、アイツ」

「私だって噛みかえすよ、がーって」

女の子は「バイバイ」と立ち去った。

健児も必要な材料は揃えたようで、段ボール箱を抱えて掃き出し窓から入ってくる。

「おー、ひとつ抜けただけで耐えたか。すごいな、真子。いい子いい子」

褒めながら尻を撫でてくるのだから意地が悪い。

「くぅっ、あふぅぅ……んあっ、わんっ」

「あーあ、すっごい濡れてるなぁ。ほら、もう脚までべっとり」

彼の指先が神経過敏な内腿に触れ、柔らかさを確かめるように白い肌を窪ませながら被虐にうずく陰阜まで滑っていく。

もしや、このままクリトリスでもいじってもらえるのだろうか。それともバイブかビーズを引き抜いて、そのまま犯してしまう方向だろうか。

がぜん膨らむ期待と媚熱で、手足の力が溶かされていく。

「器材も揃ったし、いいもの作ってやるからな」

健児はあっさり指を離して廊下に出ていった。

「くぅん」

真子は捨てられた子犬のように悲しい目で彼を見送った。秘裂まで白濁した涙を流して別れを惜しむ。腸膜のうずきは尻肉を波打たせるほど激しい。

というかもうコイツ真性じゃないかしら、と考え直したくなってきた。

廊下からトンテンカンテンと大がかりな工作に取り組む音が聞こえている間も、真子は命令どおりに四つ足体勢を保ちつづけ、やがては四肢に痺れすら感じるようになった。

「わうぅ……くんんッ、ふくぅんッ！　わおぉん！」

訳。

「あうぅ……も、もう無理ぃ！　ご主人さまぁ、はやくぅ！」

廊下とリビングを繋ぐドアが開かれ、健児が顔を出した。

「あー、言い忘れてた。別にもう抜いてもいいし人間語もＯＫだぞ」

腹が立つほどわざとらしいのに、ペットになりきった真子の身体は飼い主の許可をもらった瞬間に緩みきった。安心感すら覚えながら手足を崩す。

「んはっ、あぁぁ……！」

負担はやはり脚のほうが大きかったらしく、膝と尻が真っ先に落ちていく。ビーズが立てつづけに三つも抜ける快感を想像して歓喜に打ち震えたのも束の間、それより先に輪ゴムが重みに耐えきれなくなって千切れ飛んだ。

輪ゴムの端が弾丸の勢いで柔尻を叩いて、衝撃が直腸をつんざく。

「ひゃあんッ、あぁあぁぁ！」

尻餅をつき、額を床に擦りつけて悦感に胴震いをする。腰のよじれに応じて腸までよじれ、ぶぷ、ぶぽ、と惨めったらしい水音とともにビーズをひとつずつ排出する。

（こ、これ、思ってたより恥ずかしいよぉ。人の家でうんちしちゃってるみたいで、なんだか死にたくなってくる……！）

アナルビーズは何度か使っているので、球状の大便を連続でひりだすような感覚ははじめてではない。他人の家を汚しているという感覚が真子のなかの羞恥心をかきたて、ドミノ倒しのようにバイブ責めを受けている膣内にまで感悦の火を灯す。

「もしかして、恥ずかしがってる？」

「うぅぅ……私だってプレイ内容によっては恥ずかしがっちゃうわよぉ」

「感じてるくせによく言うなぁ」

せっかく顔を伏せていたのに、首輪を引っ張られて無理やり持ちあげられた。健児は顎でしゃくって廊下を示す。なにやら妙な影が垣間見えた。

「最後まで言いつけを守ったご褒美に、もっと悦ばせてやるよ」


そして真子は廊下に吊るされた。

両足にふたたび手錠をつけられ、両手とともに背中にまわされて、天井から垂らされたロープに手錠の鎖を引っかけられているのである。

それだけでは手足への負担が大きすぎるので、全身を何本かのロープで雁字搦《がんじがら》めにし、それらも上から吊りさげることで負荷を分散させている。服越しなので締めつけの感覚は適度にマイルド。乳房を上下から挟んで張りださせる縛り方も扇情的。

熟練の緊縛職人さながらの完成度だ。

「うん、我ながらいいできだ。苦しくはないか？」

「余裕よ、超余裕。この程度の責めで私が満足するとでも？」

「あっそ」

健児が手もとで束になったロープを引っ張ると、天井にぶらさがった滑車の塊みたいな木工品を中継して真子の全身が持ちあがり、締めつけも増す。股ぐらを通ったロープが、秘裂と菊座に差しこまれた大小のバイブに引っかかって、なんともつらい。

どちらのバイブも電源は入ってないのに、角度が変わって膣壁と腸壁に食いこむのが、よい意味で、脂汗が出るほどつらい。

「はぅっ、あぁ……！　ま、まだまだ余裕、なんだからぁ……！」

そう易々と屈しては、がんばって至高の吊りさげ具を作ってくれた健児にも悪い。有効利用してもらうためには、無駄な抵抗をしてみせるべきである。それをねじ伏せるのがご主人さまの醍醐味《だいごみ》ではないかと、Mなりに考えてみた。

天井にぶらさがった滑車の塊は、見方によっては木製のシャンデリアかベビーメリーと形容できるかもしれない。そして、この淫猥ベビーメリーが引っかけられているのは元から廊下の天井に埋めこまれていたレールで、廊下からリビングにまで一直線につづいている。

「さすがご主人さまの家ね。さして大きくはないけど、こんなステキな仕掛けがナチュラルにあるなんて」

夢のアミューズメントパーク、という言葉が頭に浮かぶ。

「父さんが舞台の大道具を考えるときに使ってるんだ。ちょっとしたギミックで舞台はグンと面白くなるからって」

「工作が得意なのも親譲りってところね」

「べつに得意じゃないさ。ときどき劇団の裏方仕事を手伝わされるだけで、本業の裏方さんはもっともっと器用だったし、アイデアだってすごい。役者の人たちだって個性的で話してるだけで面白いし、それに比べたら平々凡々な人間だよ、俺って」

健児の苦笑いを、真子は眉をひそめて見上げた。ちょっとだけご主人さまらしい傲慢さが薄れている。たぶん気にしているのだろう。自分の平凡さを。

「程度の問題じゃないでしょ」

そう言ったとき、真子も無意識に雌犬の顔ではなくなっていた。

眉を吊りあげ、凜《りん》とした高潔な表情である。緊縛されてバイブを突っこまれて吊るされてはいたが、顔だけ見れば教室にいるときと同じ気丈な女の子である。

「いいじゃないのよ。デカ×ンで手先がそこそこ器用、そしてこの私のご主人さま。これで平凡なんて言ったら、私に失礼だと思わない？」

吊りさげられている高さが健児の胸あたりなので、首を思いきり曲げなければ見上げることもできない。それでもじっと彼の目を見つめる。少し細めで、ときどきサディスティックな感情を灯す不思議な目を。

健児は沈黙していたかと思うと、ロープの束を右手に、バイブのリモコンふたつを左手に、わざとらしく見せつけてきた。

「おまえこそご主人さまに対して失礼な口の利《き》き方だな」

ロープが引っ張られ、バイブのリモコンが入れられた。

次の瞬間、全身の締めつけとともに、感電じみた強烈な性感刺激が股ぐらに訪れる。

「んひぃぃッ、あぁぁっ、う、動きだしッ、たぁあ……！」

自由を奪われ、器具で股ぐらの二穴をえぐりかえされる悦びは、思わず白目を剝くほどのものだった。

膣内のバイブは先ほどの小さめでGスポットを狙い撃ちにするものでなく、元から肉壺がみっちり埋まるほど太く長いものに変わっている。膣壁がひろがって愛液が泡立つほどの首振りで、子宮口を大胆に殴りつけてくるのだから、平静を装おうとしても快感の余波で下唇がだらしなく落ちてしまう。

暴力的なスイングを肉壁越しに迎え撃つのは、イボだらけのアナルバイブ。親指より少し太い程度だが、カリ首を模したエラがいくつも出っ張っており、軽い回転運動だけで直腸狭しと食いこんでくる。表面に浮かんだイボ状の小突起は腸膜を小刻みにかきむしり、ゼリービーンズかタコの触手のような八本の長突起が根元から伸びて肛門の入り口をこれでもかと刺激する。

それらすべての快感が、自分の手の届かないところにある。凌辱という言葉の意味を思い知らされるような、一方的な快感だった。

「ぜ、全然へいっ、きぃ……！　だ、だから、もっといじめて、みなさいよぉ！　こののっ、んっ、あんぅぅっ、ご、ご主人さまやろう！」

「すごい挑発だな」

そのとおり、当然ながら挑発だ。強がっているのはセリフばかりで、目はとろんとして正気の有様でなく、顎はヨダレで濡れている。身悶えをするたび縄が食いこんで不安定に揺らぎ、溢れだした雌汁がフローリングに滴り落ちる。

緊縛と二穴責めだけで、何度も頭が真っ白になりかけたが、そのたびに歯を食いしばって耐えた。堪えすぎて毛細血管が切れたのか、目の前が白や赤に染まることも多々あった。それでも絶頂を拒み、強がって挑発して、さらなる責めを誘いだす。

(私のために、わざわざこんなモノ作ってくれたんだもの……もっともっと、有効利用させてあげるから、ほら、もっといじめて！　ほら、健児！)

このプレイを乗り越えたら、きっと健児はご主人さまとして一皮剝ける。そんな予感に心が躍り、官能に浸った雌特有のとろみが息遣いに加わった。

「はぁあっ、くんんッ、あんっ！」

「もう犬の真似はしなくていいんだぞ？」

「あひんッ、んあッ、し、自然にこういう声に、はわんっ、なっちゃうだけぇ……！」

鼻にかかった喘ぎはたしかに犬の鳴き声と似ている。雌犬という蔑称はここから出てきたものじゃないだろうか、と思考が横道に逸れたのも一時のことで、すぐにふたつの秘め穴で渦巻く電動の掻痒感に呑みこまれていく。

「あああッ、あーッ、くひっ！　あ、熱いぃ、アソコ熱くて焼けちゃうよぉ……！」

えぐられ、擦られるたび、火に油を注いだように粘膜が加熱されていく。蜜壺も菊穴も一緒くたにほぐれて、淫具の奏でる水音があからさまに大きくなった。

釣られたように唾液も増量し、顎と股からひっきりなしに雫が落ちるのを、健児は静かに見やる。無言で、さりげなくツバを呑みながら。

「まだイクなよ。俺もそろそろ……」

ズボンのファスナーを降ろす手つきに焦りが見られるが、それぐらいの未熟さは可愛げと解釈していいだろう。

鼻先に飛びだしてきた逸物は、霞みだした目が一瞬で鮮明になるほどグロテスク。唇を撫でられただけで自然と舌が引き寄せられてしまう。

「ちゅる……れうぅ、んちゅっ、むちゅぁあ……」

「なにも言わなくてもしゃぶるんだな」

「はむぅ、んぅ、らってぇ、ひょうがないじゃないおぉ。こんな、ちゅぱっ、いやらひぃ、ぬちゅっ、かたちひてるんらもぉん」

手が使えない分、舌をできるだけ長く突きだして上から下まで絡みつける。まともに聞き取れないほど発音が乱れてしまうが、熱心にしゃぶりまわす態度で言わんとするところは伝わるはずだ。

（おち×ぽ、好き……ご主人さまのおち×ぽ、処女の私をレイプしたおち×ぽ、外で私を犯しまくったおち×ぽ、風邪のときにおいしいお薬くれたおち×ぽぉ……！）

頭のなかはペニスの赤銅色に染まり、舌遣いも徐々に激しくなっていく。飛び散る唾液が鼻の穴に入ってもかまうことなく、唇と舌に触れる高熱の肉塊を存分に味わった。

「い、いいぞ……本当に犬みたいだぞ、真子」

健児も口淫の快感に酔いしれ、出っ張った喉仏を晒して低いうめきをもらす。ロープの束を壁のフックにかけて固定すると、重力に引かれた肉乳に触れようと空いた手を伸ばしてきた。

しかし体勢のせいで届かないのか、横乳を撫でるだけの歯がゆい手つきに留まってしまう。健児は苛立たしげに舌打ちをしてふたたびロープの束に触れた。

「ちょっと待ってろ。ひっくりかえすから」

「んちゅっ、ぬちゅぅ……んっ、え？」

真子が健児を見上げようとしたそのとき、ぐるりと天地がひっくりかえった。

「ふえっ、えええ？」

真子は目を白黒させ、顎を引いてまっすぐ天井を見上げた。後ろ手に縛られているのは変わらないが、うつ伏せからあお向けに反転している。

「よし、我ながらうまいこと作ったもんだな」

「ちょっとこれは……どういう仕組みかよくわかんないけど、ご主人さま普通にものすごいと思うんだけど」

「いいから、さっきの続きしてくれよ」

健児は上からセーター越しの乳房を揉みしだき、真子の童顔に濡れた逸物を擦りつけた。天井のベビーメリーがどういう機構で反転をなしとげたのかはよくわからないが、今まで放置されていた乳肉を愛撫されて気分はすぐ感悦に囚われ、真子は進んでペニスに舌を伸ばした。

「はちゅっ、りゅちゅっ、むあぁぁ……な、なんだか、やりにくいぃ」

上下が逆になっているせいか、今までのように舌を遣うことができない。唾液は目もとや額に垂れてくるし、頭にも血が登ってぼうっとする。

「焦れったいなぁ……」

「あうぅ、ごめんなさい……んっ、はぁ」

素直に謝罪が出るのは、自分を飾る余裕もないからだ。胸は潰れそうなぐらいわしづかみにされ、バイブたちも依然として乱暴なスイングで膣肛をとろつかせている。全身の主な性感帯がすべて餌食となって、平静を保っていられるはずがない。こんな淫らな目に遭わせてくれた男への感謝の気持ちで、くだらないプライドが塗り潰されていく。

「あの……んっ、ちゅるっ、お口、公園の時みたいにしてみません？」

「公園って、もしかして喉まで？」

うなずいた拍子に鼻で男根を突く。

普段の健児なら戸惑ったかもしれないが、今の彼は違っていた。

「自分が喉をいじめてほしいだけのくせに、偉そうな口利くもんだなぁ」

生意気な口ぶりへのお仕置きというように、セーター越しの乳首に爪を立てながら、竿先の位置を真子の口腔に定める。

秘裂とそっくりの色をした粘膜の坩堝は、唾液の糸を引いてご主人さまの制裁を待望した。

「はぁあぁ……そう、ですぅぅ、私、喉いじめてほしいのぉ……！　あぁぁ、私のエッチなマゾ穴、三つともみっちり埋めてほしいんですぅ！」

「それじゃあ遠慮なく、喉肉犯してやるからな！」

躊躇《ちゅうちょ》の感じられないひと突きが、真子の細い喉を一息で貫通した。

「んぼっ、あぉおっ！　んんんんっ、むぱぁッ、ちゅぶっ、んぢゅッ」

前に一度体験しているので、真子はむせることも混乱することもなく、口舌の蠢動と喉の緩みでしっかり奥まで健児の欲望を迎え入れた。

慣れているのは健児も同様で、さっそく腰を前後させて口から喉までを亀頭のエラでこすりだす。

「あー、この姿勢いいなぁ……喉がち×ぽで盛りあがってるところがよく見えるし」

焦ることのない悠然とした速度でイラマチオを愉しむ健児に、ご主人さまらしい風格を感じて子宮がキュッと窄《すぼ》まった。そこを狙いすましたようにバイブが首をねじり、アナルバイブも腸壁を子宮口に向けて押しやってくる。

穴という穴がえぐられ、かきむしられる快感――しかもそのうちひとつは、待ちに待った本日最初の生ペニスである。口も喉も泉のように潤滑液を分泌して海綿体に吸いつき、息苦しさすら愛撫として受けとめ感悦した。

（身体のなかまでぜんぶ凌辱されてる感じ、最ッ高ぉ！）

いつしか三つの穴の感覚が入り乱れ、腸も口喉も膣内同然の敏感さで毛羽立つ。なにをされても気持ちよいとしか思えなかった。思いきり喉奥を突かれてごぽごぽと気泡の抜けるような音がもれても、顔の縁と首に指を引っかけられてピストンを加速されても、セックスで秘裂を穿たれているかのような夢見心地の悦感が脳に満ちていく。

「いいぞ、真子。これなら俺、おまえのこともっといじめられそうだ……！」

ぺちゅん、ぺちゅん、と真子の目もとを叩いていた玉袋が、股の付け根にキュッと持ちあがっていく。肉茎が突如として跳ねあがり、喉肉をぐわりと持ちあげた。

「ふぼぁっ、あぷぉぉ、ごひゅじんひゃまあぁ！」

バチバチッと電撃の弾けるような愉悦がバイブに犯されている肉穴たちに生じる。たまらず華奢《きやしや》な身体をよじらせて、あらためてロープが肉に食いこむ感覚にさらなる悦楽電流が誘発された。

「よし、イッていいぞ、オナホール女！　俺もこのヌメヌメの口マ×コにたっぷり出してやるから！」

「んぁああっ、うれひぃぃっ」

ろくに動ける体勢ではないが、白い首と唇を伸ばして極太の肉塊を根元までしゃぶりこんだ。

貪欲な肉製オナホールへと、健児の腰がひときわ強く押しだされる。真子の口喉は絶頂寸前で過敏化した膣肉と同調し、ひとこすりでたやすく法悦の臨界点を迎えた。ふたり、背をのけ反らせてオルガスムスに震える。真子は息もできなくなるほど長々と濃縮汁を腹に流しこまれ、夢うつつの快楽に狂った。

「んぶぅっ、おんーッ、んっ、んおぉっ」

今までのプレイでもっとも被虐的な絶頂だった。股ぐらから蜜のしぶきを振りまき、頬を窪《くぼ》ませ白目を剝いて、全身を尺取り虫のように律動させる姿は、惨めな雌奴隷の下品なアクメ姿に他ならない。凜としたサザンクロスのプリンセスの面影は、夕焼けにきらめく稲穂のようなツインテールぐらいのものだが、それすら心細げに揺れてい

る。

バイブの責めの渦中にあってもなお、子宮と腸がうずいて仕方ないのは、おそらく胃袋に嫉妬をしているからだろう。

(だいじょうぶ、安心して……三連休だし安全日だし、このおいしいザーメン、もっともっといろんなところに注ぎこんでもらえるだけの時間はあるから)

今の健児ならきっと期待できる。女の顔に股を押しつけ、苦しげなうめきにも取り合わず最後の一滴まで出しきろうとする横暴な男なら、きっと。

「イキまくってるなぁ……さすがにここまでブタみたいな声出すなんて俺も思ってなかったよ。この調子ならもっとメチャクチャにしてだいじょうぶかな」

期待を裏切らないセリフが早速やってきた。


ブチキレたまま戻ってこれない、というのが健児の実感だった。

イラマチオを終えてすぐ次の行動に移れたのも、戻ってきて覚悟を決めて踏みだすという無駄な轍を踏まずにすんだからだ。

「今後のことも考えたら、やっぱりキレイにしとかないとな」

ちょっとした汚れ仕事になるので、場所には風呂場を選んだ。

もちろん服は脱がせたが、首輪とオーバーニーソックスだけは残しておく。

（こっちのほうがなんかエロっちぃ）

今までは意識していなかったが、どうも自分の好みはそういうものだったらしい。彼女が浴槽の縁に手をついて尻を突きだしてくるのを見ると、プリプリした桃尻と黒のニーソックスのコントラストにいても立ってもいられなくなる。

浣腸をしてしまった。

「くんんんッ……！　あぁぁ、入ってくるぅぅ！」

「まだまだだぞ、まだ半分も入ってないからな」

プラスチックの浣腸器、容量二〇〇ミリリットル。強く押しこみ、生理食塩水を注入するにつれ、真子の尻肉が重たげに脈打って大粒の汗が浮かぶ。

必要な器具は例の段ボール箱に揃っていた。ペットボトルいっぱいの生理食塩水まであったのだから、明らかにこの状況を期待してたのだろう。その証拠に、苦しげな唸り声にも甘い歓喜の響きが混じっている。

「ああんっ、お腹重たくなっちゃうぅ……ご主人さまのヘンタイぃ」

泣きだしそうな声にも聞こえるが、本当にいやならもっと別の反応をするはずだ。たとえばキスをかわそうとしたときとか、危険日に中出しをしようとしたときのように。

（思いだしたら腹立ってきた……なんで俺がいつもいつもマゾのご機嫌うかがわなき

ゃならないんだよ。俺はいちおうご主人さまだぞ。もっと好き勝手やっていいはずだ）

浣腸器のピストンを押す手にも力がこもる。

「ひんぅぅッ、あおおぉ！」

真子は獣のような悲鳴をあげて最後の一滴まで呑みこんだ。浣腸器の先端を抜き去ると、さっきまでバイブで拡張されていた菊皺が瞬時に窄《すぼ》まって食塩水を閉じこめる。

短身巨乳の童顔美少女は今にも浴槽に突っ伏しそうなほど、可愛らしい小桃の尻を苦しげに脈打たせた。

「よし、まだ漏らすなよ。今日は全部の穴を犯してやるからな。バイブとかじゃないぞ。俺のチ×ポでおまえの汚らしいケツ穴までほじくりかえしてやるんだから、汚れはこれでしっかり落とすんだぞ」

「で、でも、いちおう家でお掃除しておいたし……」

「自分の目で確かめないと納得できないんだよ。ほら、まだガマンしろ」

指先で尻の丸みへを撫でまわし、肛門を取り囲むように円を描いた。皺の集まりが震え、一滴の生理食塩水がにじみだすと、こそばゆさに真子の細い背が痙攣《けいれん》じみて震えだす。

（だんだん本気で愉しくなってきた……女の子いじめるのって、本当に愉しいかも）

肛門を避けて会陰から秘裂へと降りていき、ふっくらした大陰唇に軽く指を埋める。

柘榴《ざくろ》の割れ目から溢れだす濁色の果汁に、健児は思わずヨダレを呑むほど味覚をかきたてられた。浣腸をされて美少女の内側が悦びに満ちているのだと思うと、さっき射精したばかりの肉棒も芯から強張っていく。

それでもあくまで大陰唇をぷにぷにと押すだけで、小陰唇より奥の粘膜部にはいっさい触れない。自分を焦らし、真子を焦らし、風呂場の熱気を少しずつあげていく。

「んんうぅうぅっ！　も、もうガマンできなひぃぃ！」

真子の悲鳴が裏返ると、しなやかな背筋が反りあがり、持ちあがった尻の中央で褐色の菊花がせわしなく身震いする。

「出すのか？　人様の家で浣腸液ぶちまけちまうのか？」

肉丘を左右からつまんで愛液を噴きださせ、括約筋に悦楽の痺れを擦りこんだ。蹴り飛ばされた犬みたいな声で真子が悶え、小柄な体軀《たいく》が悲愴に硬直する。

ついに、その瞬間がやってくる。健児はさっと横に避けて、暴発の様子を凝視した。

言葉にならない悲鳴と破裂音が重奏し、浣腸液の排出を下品に彩った。

「んうぅっ、はあぁぁあッ！　やあぁ、み、見ないでぇ！　ご主人さまぁ、見ないでよお……あぁ、これ私でもかなり恥ずかしっ、いひぃっ！」

開かれた腸穴から風呂場の壁へと叩きつけられる水しぶきは、意外にも清潔感すら漂う透明度の高いものだった。当初予想していた汚物まじりのものではない。

「本当にしっかり掃除してきたんだな」

「だから、そう言ったのにぃ……！」

珍しく彼女は半ベソをかいていたが、それでも尻から生理食塩水の噴きだすブピブピッという恥ずかしい音はやんでくれない。とうとう立っていられなくなり、崩れ落ちて膝をつく姿は、なまじ容姿が可憐で端麗だからこそ猛烈に憐憫と劣情を誘う。Ｓに徹していた健児の胸すら締めつけられるほどに。

それと同時に、健児はようやく自分がＳＭ的な行為に対して積極的になった理由を思いついた。

（そうか……俺は真子が堕ちてるところを見たいんだ。平凡な俺が見上げなくてもいいような、対等になれるような場所に、この子を引きずり降ろしたいんだ）

嫌悪感が湧くほど下劣な思考だ。その下劣な思考をとめることのできない自分に恋愛をどうこう語る資格はないのかもしれない。

でも、これで真子は悦んでくれる。自分のそばで、自分を見つめてくれる。

物欲しげな流し目で、噴出の収まった尻穴を見せつけるように腰を振りながら。

「ご主人さまぁ……ガマンしたから、ご褒美ください」

宿便まで削ぎ落とされた茶色い洞穴に、健児の突端はたやすく入りこんだ。灼熱の極太で入り口の皺が引き伸ばされ、排泄のための管へと圧迫感がひろがり、肺や横隔膜が早くも切羽つまった痙攣《けいれん》をはじめる。

「ほおぉ、んっ、おほぉぉ」

真子は自分でも信じられないような遠吠えをあげていた。獣のように下品で上擦った淫声が、風呂場の壁で幾重にも反響してますます猥雑な音になる。

自分の声で脳髄をかきまわされ、わけもわからないまま尻を突きあげていく。肛門の粘膜が、もっと深い結合を望んでうずくのだ。うずきをカリ首で引っかかれると、また獣の声が迸ってしまう。

「んひぃぃッ！　あぉんッ、い、いいぃぃ！　気持ちいいぉおおっ」

「肛門の掃除してきたってことは、こんなふうにケツ穴犯してほしかったんだろ？　よっぽどアナルセックスしたかったんだな。サザンクロスのお姫さまの直腸がここまで淫乱だとは思わなかったよ」

「はくうぅんっ、いひぃぃんっ」

タイルの床についた膝は相変わらず愉悦にとろけて力が入らないので、浴槽の手すりに乳房を押しつけてしがみつき、背筋の反りに任せるようにしなければ体勢を整えることもかなわない。

「くぅ、きっついし、めちゃくちゃ熱い……！　それに、すっごい声だな。もしだれかに聞かれても、人間の喘ぎだなんて思ってもらえないぞ」

健児はがに股で真子の柔尻をわしづかみにし、上から肉棒を突き降ろしてくる。肉壁越しに欲深な子宮口を狙い撃つ角度で、ぐぷぐぷとローションの泡立つ音をたてながら、ペニスの根元まで真子のもっとも汚れた穴に突き入れた。

「んおおぉぉっ！　あひっ、はおぉ、ら、らってぇ、仕方ないおぉ……！　ひんぉおッ、わらひ、ケツ穴奥まれえぐられへイキそうになる、雌豚なんらからぁ……！」

ご主人さまの醜く巨大な逸物を呑みこむことができて、真子は白目も剝かんばかりに喜悦していた。ビーズで、バイブで、浣腸で、徹底的にほぐされた腸肉は、ローションまみれの極太をややきつめの締めつけと火のような熱さで受けとめている。腸に異物のつまった感覚は便秘に近いはずなのに、不快感はまったく感じられない。

「それじゃあ動くけど、俺がよしって言うまでイクなよ」

「はひぃ、んえぇ……！」

返事をする間もなく腰遣いをはじまり、声がたやすく歪んでとろける。

はじめてのアナルセックスは通常のセックスと一味違っていた。膣での交わりにおいては襞の一本一本がペニスを求めて蠢《うごめ》くが、アナルセックスでは腸全体が一匹の蟲となって蠕動《ぜんどう》し、ペニスを押しだすように揉みしだく。

その動きに応じて腰を引かれると、排便にも似た解放的な快感に心地よいため息がこぼれる。

その動きに抗うように腰を押しだされると、粘膜をこすられるダイレクトな悦びに尻肉がカッと燃えあがる。

切っ先で円を描かれて最奥をこねくられるのも、ローションで腸肉がぐちゅぐちゅに攪拌《かくはん》されてジンジンと痺れだす。

ゆっくりと上下に抜き差しされるたび、腸壁が徐々に発熱していくのがめっぽう気持ちいい。これが膣内ならめちゃくちゃにかきまわされたいと思うところだが、直腸はひとつひとつの動作をじっくりたっぷりねぶりまわすように味わいたいと思ってしまう。

「ぁおおッ、はんっ、あんっ！　お、お尻しゅごいいいぃ！」

呂律があっさりまわらなくなるのもアナルセックスの特色だろうか。だらしなくOの形に開きっぱなしの口に、健児が後ろから指を差し入れてきた。

「バイブと生のチ×ポ、どっちがいい？」

「ち、ち×ぽぉ……！　圧倒的におち×ぽがひぃぃ！　んちゅうっ、はぉおぉ、チ×ポ好きぃ、おち×ぽで毎日ケツ穴えぐりまわしてほしぃおぉぉ！」

唇と舌を撫でられながら、しゃぶりついて今の感動を少しでも伝えようとした。

バイブとは比べものにならない。大きさはもちろんのこと、熱さや反りかえり、そして太い血管に裏打ちされた激しい脈動などなど。「生《なま》」の実感がけた違いなのだ。尻をつかんだ手や口内をなぶる指がビクつくのも、彼の吐息が背中に落ちてくるのも、バイブやオナニーでは感じえない臨場感を与えてくれる。

（ついに、お尻までご主人さまのものになっちゃったぁ……！）

気がつくと涙がとめどなく流れていた。

「おおあぁ、うれしいいぃ、お尻うれひいおぉ！　わらひのお尻、ご主人しゃまのおち×ぽれ犯されて、うれひいうれひいってよがってましゅううぅ！」

「ああ、真子のケツ穴、チ×ポ離したくないってぎゅぽぎゅぽ締めつけてくるぞ！」

健児の両手は顔や口ばかりか髪まで撫でまわし、髪をくくったリボンをほどいて落とした。ふぁさ、とひろがるきつね色の髪からシャンプーの匂いが振りまかれる。髪を降ろした少女の後ろ姿が健児の目にはどう映ったのか、真子にはよくわからないが、はっと息を呑んでペニスを脈打たせるところからして、けっして悪印象ではなさそうだと安心した。

腰遣いだって粘着質を極め、腸の隅々までねぶりつくそうとしてくる。横からキュッと蛇口をひねる音がしたかと思うと、真子の頭と背中にシャワーのお湯が叩きつけられた。意外な刺激だが、微細な水滴で毛穴を穿《うが》たれるような感覚も悪くない。

「きゃっ、あんっ！」

「真子は雌豚だからな、汚いのはケツ穴だけじゃないからな」

　そう言いながらも、健児の視線は水を浴びて艶を増した髪に注がれている。次いで水滴を弾く張りのある頬を指がなぞった。ふたりしてシャワーに濡れていると、肛門ばかりでなく全身の肌という肌が溶け合うような気分になる。彼の手がまた乳房や腹にまで這いまわるので、愉悦はますます奥深くまで染みこんだ。

「はあぁ……きもひぃぃ、もうぜんぶぜんぶきもひぃぃ！」

「一番はやっぱり肛門だろ？」

　健児は濡れた尻をピシャンと叩き、その痛みが腸を犯すタイミングを狙い澄まし、逸物をぐりんと回転させた。

「ぐっひぃぃ！　いいぃぃ！　肛門、いちばんいいぃぃ！」

「でも、これだけじゃ満足できないよな？　チ×ポ狂いの雌豚がただケツ穴ほじくりかえされただけで満足できるはずないよな？」

　健児の言葉責めもすっかり堂に入ったもので、苛烈にまくしたてながら腰尻を密着させて腸壁越しに子宮口をいじりまわす。こんなことされたら、女はだれだって屈服したくなる。どんな罵声であろうと、シャワーに濡れた歓喜の笑顔で受け入れてしまう。

「ごめんなひゃひぃ、せっかくのご主人しゃまのおち×ぽなのに、ずぼずぼされてるだけじゃ駄目なんれすうぅ！　あおおぉっ、お、おひりに射精ぃい！　わらひぃ、どぴゅどぴゅされて胃袋までち×ぽ汁出ひてもらいたい変態雌豚らおおぉぉ！」

「仕方ないなぁ！　お望みどおりケツの奥にザーメン注いでやるから、これからはトイレ入るたび俺のザーメンの味思いだして感謝の言葉を捧げるんだぞ！」

どくん、と男根が射精の予感に脈打ち、最後の直腸摩擦をはじめる。口から離された手がふたたび尻に爪を立てて、甘美な痛みを押しつけながら肛門を引き寄せ、思いきり腰を叩きつけてくる。かと思えば、肛門を押しのけながら腰を引く。

ゆっくりでもいいのに、腸膜が削り落とされるようなピストン運動を強《し》いられて、肛門周辺の筋肉が悦楽感に軒並み痺れだした。シャワーの水滴が肌を伝うたび、ビリビリッと皮膚が甘い電流を散らす。

「捧げますゅうぅ！　ごしゅじんさまぁ、ありがとうございますぅ！　ざ、んおぉぉッ、ざーめん、はっ、あぁおおぉぉっ！　ざーめんありがとうございますぅぅぅ！」

今にも崩れ落ちそうな尻肉を健児が支えていられるのは、真子の身体の造りが小さくて軽いからだろう。腸の造りだって普通の女性より小さめのはずなのに、こちらはペニスをしっかり咥《くわ》えこんで離さない。

心と身体で思う。健児の肉棒が好きだと。アナルセックスが大好きだと。

「あぁぁあ、す、好き、いいぃぃぃぃ！」

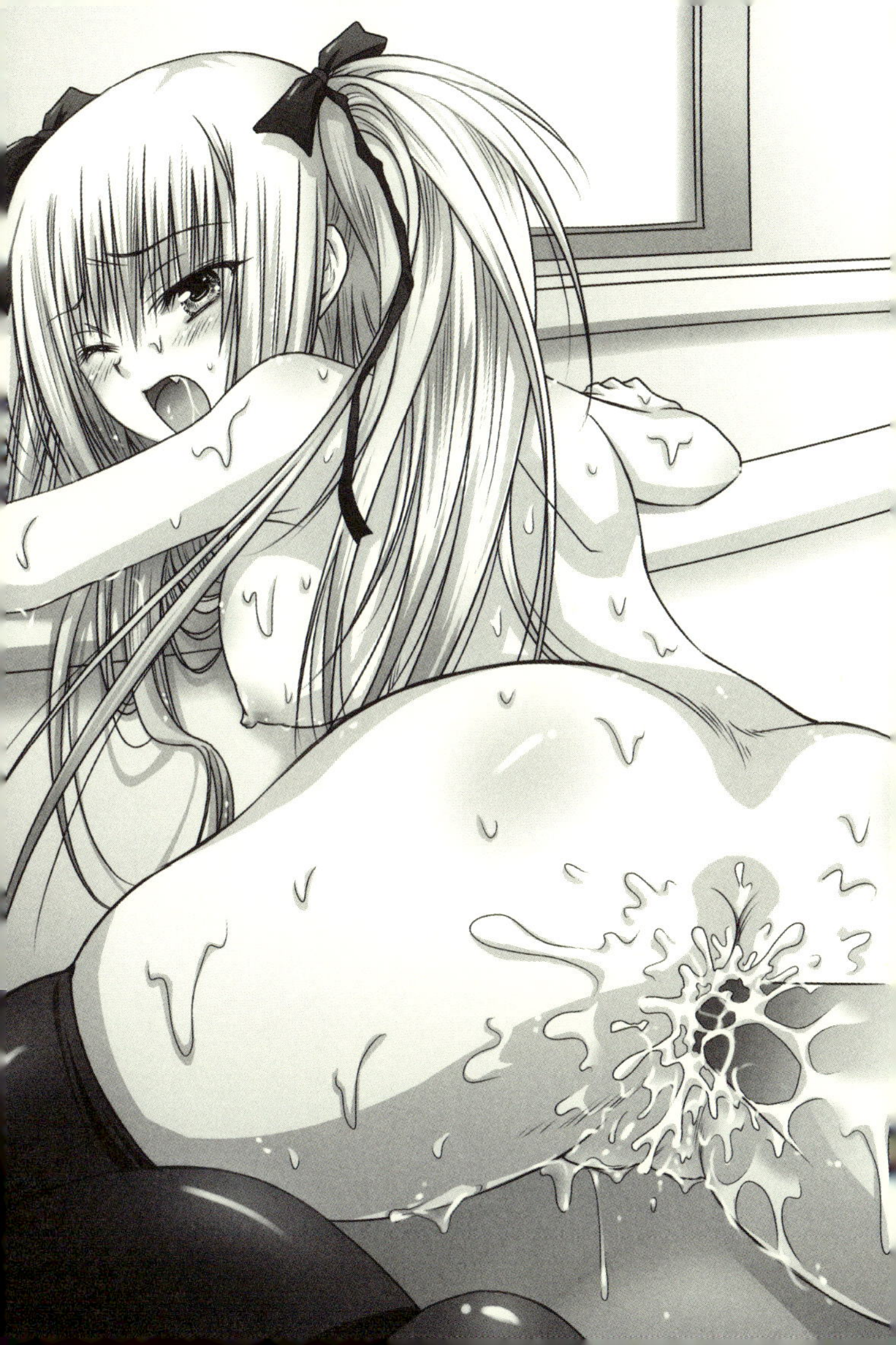

しがみついた浴槽を引っかきながら、夢見心地で叫んだ。

健児が腰を擦りつけて固着させ、一番奥まった場所へ情熱のほとばしりを注いだのは、ちょうどそのときだった。

「ふわあぁあっ、おあっ、ひんんぉおおぉッ！　す、好きぃ、すきぃぃぃ！」

腹の上のほうまで熱液の粘り気がひろがってくる。熱と粘りに胸が熱くなり、脳髄が甘くとろけた。膣内から大量に溢れだす愛液の感覚に、「ああ、お尻レイプされてイッてるんだなぁ」という素敵な実感が充ち満ちていく。

「すきぃぃ、あぁぁ、らいしゅきぃぃぃ！　ありがとう、ございますぅ……！　ザーメンありがとうございますぅぅ！　すっ、んはぉっ、す、き、なのぉ！」

長々と腸内に脈動感を叩きこんでくる肉棒と注ぎこまれる粘濁への愛情と感謝を、憑かれたように吐きだしつづける。

健児は排泄器官に子種を吸い取られ、低い唸り声のような喘ぎをこぼしていたが、ひととおりすべてを出しつくすと、鼻を抜けるような高い音色の吐息をもらした。

「はぁ、真子ぉ……お、俺も、真子のこと好きだよ」

「うん……」

腸内粘膜に染みこんでくる精子にほだされて、よく考えないで適当に相槌を打つ。

後ろから健児がのしかかってきて、濡れた頭や耳もとにキスをしてくれるのが、オルガスムスの余韻を静かに盛りあげた。

（うん、好き……健児とアナルセックスして、ケツ穴射精されるの大好き……健児も、そんな私のことが好きで……）

シャワーを浴びたまま、互いの髪が絡み合うような距離で睦《むつ》み合う。

ふと、熱したキャラメルみたいにドロドロの頭で、健児と自分のやり取りを理解した。

「そ、そういうのじゃ、ないの……！　い、いじめられるのが好きなだけ、だからぁ……！　んっ、あぁ、ちょっ、待って、今説明するから、動かないれぇ……！」

「い、いや、動いてるのそっちだから！」

彼との会話の意味を考えると、顔も頭も絶頂とは別の熱で興奮し、腰までついついよじれてしまう。精液でマイルドさを増した腸内で、ほんの少し柔らかくなった海綿体がぬるぬると動きまわる。

「あぉんっ、あっ、わ、私は、拷問具みたいな極悪ち×ぽが好きなだけで、べつに北野健児という個人のことを対等に好きとかじゃなくって……よしんば好きだとしても、媚びへつらって下から見上げる犬視点の好意ってだけなの！」

「わ、わかってるよ……俺だって、真子のことはペットとして好きぐらいにしか思ってないから安心しろよ」

ちょっと腹立たしそうに言ってくるのが、またなんというか、恥ずかしくてつらい。

「その証拠にもっといじめてやるからな。二泊三日、ずっと人間扱いされなくても全部おまえのせいだから！」

健児は肛門の結合を解いて、へたりこむ真子の濡れた髪を引っ張りあげた。

真子は健児のへの字口を見上げ、頭皮の痛みと期待感にごくりとツバを呑んだ。こんなアナルセックスや、さっきみたいな緊縛イラマチオを三日もつづけたら、きっと気が狂ってしまう。ただでさえマゾの変態なのに、もっとおかしくなってしまう。

さっきまでのいとおしい気持ちも、もしかしたら自分の制御できる範囲から飛びだして、どうにかなってしまうような気がした。

それでも飼い犬は主に従うものだから――と、自分に言い聞かせるような心持ちで、満面の笑顔とともに真子は首肯した。

「お願いしますわん、ご主人さま」

犬なので語尾はワン。当然のことだ。

「いい子だ。じゃあ次はもうひとつの穴だけど、そろそろ危険日は過ぎてるよな？」

「わん、わふん、わん」

「いや、そこは日本語で答えてくれ」

「安全日です」

腸内で精液がごろごろと流動して、自分たちはもっと別の場所に注がれたかったのだと訴えている。その場所に入ることができれば、もっともっと気持ちよくしてやると、真子の性衝動に呼びかけている。

またごくりとツバを呑んだ。

「中出し……オーケーだから、子宮破れるぐらい注いでください」

「わかった。じゃあまずは口で掃除してもらおうか」

「はい……ご主人さま」

大きく口を開けて、男根を粘膜の坩堝《るつぼ》にしゃぶりこんだ。見た目には汚れた感じはしないが、なんとも言いがたい悪臭と苦みがこびりついている。

それらを舌で落としてキレイにしていく作業が、たまらなく楽しかった。半勃ちだった逸物が徐々に硬度を取り戻していくのは当然嬉しいし、健児がうっとりして喜んでくれるのも胸が締めつけられるほどの歓喜を呼ぶ。

(でも、だからって、健児のことが好きってわけじゃないんだからね！　胸がドキドキするのも、単に私がマゾセックスしたいだけの変態だからだもん！)

妙に空々しい自分の声から逃避するため、真子はフェラチオに専念した。

☆

人間は順応性豊かな生き物である。戸惑いと混乱からはじまった拉致監禁生活にも、北野健児は二日目にして慣れてしまった。

流されてしまったという感もあるが、キッチンに立つ真子のエプロン姿を見ていればやりきれない気分はあっさりと霧散する。可愛い女の子が腕まくりをして料理を造る姿には、男ならだれしも浪漫《ろまん》を感じずにいられない。

「ちょっと思ったんだけど、コレって肉奴隷とかエロ穴ペットじゃなくて家政婦の仕事じゃない？」

そんな不満も出はしたが、小一時間ほどでお手製のハンバーグと付け合わせのニンジンのソテーが白米とセットでテーブルに並んだ。形が不揃いなのも手作り感にあふれていて悪くない。初日の夜に食べた出前の天丼や数時間前に食べた昼飯の袋ラーメンよりずっと味気がある。わざわざ健児ひとりで買い物に出た甲斐もあったものだ。食材選びは彼女と一緒にしたかったが、マコマコ団の監視もあるので自重せざるをえない。

ハンバーグの焼き加減は中身にほんのり赤みが残る程度で、噛みしめると肉汁が溢れてデミグラスソースと絡み合い、焼けた挽肉とみじん切りのタマネギに蕩けるような食感を加える。これが絶妙に白米と合うのだ。

素直に「おいしい」と感想を口にすると、

「バ、バカ言わないでよ。Sなご主人さまなら、マズイからお仕置きって言うべきじゃないの？　だいたい私は淫乱な雌犬よ、こんなのよりザーメンのほうが好物なんだから」

赤くなっているので照れているのだろうが、食事中のセリフとしては最悪だった。

ちなみに自称奴隷なので自分の食膳は床に置くという徹底ぶりである。

サザンクロスのプリンセスが意外に家庭的なことを知ったあとは、父の書庫からビデオを借りてきてスプラッタ映画鑑賞の時間。日本未公開のチープなレア映像に真子が喝采をあげた。

「私ね、アメリカンなC級スプラッタの安っぽい特殊メイクもけっこう好きなの。殺される役に感情移入してると、こんな嘘くさい殺人鬼に殺されて造りもの感たっぷりの内臓さらけだしてる私ってば超ミジメ！　っていう気分で興奮するわよね？」

「俺に同意求めんな」

ダメだ。やっぱりダメ女だ、コイツ。

（ダメだけど……喜んでくれてるからいいかな）

ほだされながら苦笑いをして二日目も終わり——

拉致監禁三日目。

寝起きから健児は充実した気分であった。

なぜなら同じベッドに真子が寝ていたからだ。

初日の夜は「奴隷とご主人さまが同じベッドで寝てどうするのよ！」と一蹴されたのだが、昨夜は機転を利かせてこう言ってやった。

「おまえみたいな淫乱は奴隷でもペットでもない。それ以下の無機物だ。黙れ。喋るな。ていうか動くな。いいか、動くなよ」

微動だにしなくなった真子をベッドに運び、抱き枕代わりに抱いて寝たのだ。

「いやぁ、いい朝だ。今日は連休の最終日だ、気合い入れて調教しちゃうぞ」

自分でも驚くほどS気分だった。真子はまだ眠っているが、ひとり爽やかに目を覚まして冷蔵庫からプリンを持ってくる。真子の大好物がカスタードプリンだということはわかっているので、ここにもうひとつの好物をかけてやるのだ。

カーテンを開くと、日はすでに高く登っていた。朝食には遅すぎる時間である。寝る前に抜かずの三発をしたせいで寝過ぎてしまった。

ちょっと時間をムダにしてしまった感もあるが、だからこそプリン作戦をやめるわけにはいかない。外を見やりながら、全裸の股間にそそり立つ逸物をしっかり握る。

「おいしい朝食作ってやるからな、真子。ていうか引かないよな？　喜ぶよな？　これでドン引きされたら俺もけっこう傷つくぞ」

だれにともなく呟いて、逸物をしごきだす。

どこからか猫の鳴き声が聞こえた。

意外と近い。見下ろしてみると、北野家と天野家の境の煉瓦塀に猫がいた。見ているだけで朝勃ちが萎えてしまいそうな肥満体型には、間違いなく見覚えがある。

「こころん？　爽やかな気分を台なしにしやがったな」

デブ猫は顎をしゃくるような動きを見せた。それが健児には、上のほうを見ろという意思表示に思えた。

視線をあげると、健児の部屋とほぼ同じ高さに鈴の部屋がある。カーテンは開かれていて、窓からなかを覗くことができた。

まだ小学生とはいえ、そろそろ年頃の女の子である。プライバシーを覗き見するのはよくない。すぐにカーテンを閉めて誤魔化そうと思ったが、視界に飛びこんできた光景がその動きを制止する。

向こうは気づいていない。たぶん、行為に没頭しているからだろう。

だが、なぜ鈴の部屋に、彼女がいる？

「あ」

すぐに理由を思いついて納得した。

鈴は以前、中学受験に向けて家庭教師をつけられたとぼやいていた。その後、徐々に打ち解けていったようで、近頃は家庭教師の日を楽しみにしている様子もあった。

しかし、健児の目の前で繰りひろげられる光景は——

「ご主人さま?」

寝ぼけ気味の声に引き戻されて、健児はすばやくカーテンを閉めきった。

振り向くと、真子が目をこすってベッドから出てきていた。

「なになに?　こころんがいたの?」

「いや、気のせいだった。あんなデブじゃない普通の猫だよ」

「なんだ、残念」

残念どころではない。こころんのおかげで勝機が見えた。拉致監禁の三連休、最後の最後でさらなるステップアップの可能性が見つかったのだ。

「くふっ、ぐふふふ……真子、明日からの学校が楽しみだな」

「楽しみって、せっかくの拉致監禁が終わっちゃうのに」

「もっといいことが起きるから、楽しみにしてろ」

きょとんとしている真子の前で、健児は途切れることのない含み笑いをする。

我ながらSなだけでなく悪役っぽい素振りまで様になったものだと、呆れかえるほど性悪な笑い方だった。

とはいえ、今はまずプリンからすませよう。

「真子、ザーメンぶっかけたプリンとか食うよな？」

「ご主人さま、もしかしてパティシエの才能ある？」

問題なく食べてくれそうなので、健児は勢いまいてオナニーを再開した。

ツマゾ5 受精確定中出しデートなんて……幸せすぎ

連休明けの教室に緊張の一瞬が訪れた。

二時間目のあとの休憩時間、「ザ・地味」あるいは「極太馬並み怪人」こと北野健児が、あろうことかサザンクロスのプリンセスに堂々と声をかけたのだ。

「おーい真子、昨日言ってたDVD持ってきたぞ」

クラスの女子の大半で組織されているマコマコ団に緊張が走る。彼女らに囲まれたお姫さまも、唖然とした表情でのんきな顔の健児を見やっている。

男子勢は彼の身を慮《おもんぱか》って悲鳴じみた警告すら発した。

「引きかえせ、北野！　今ならまだ間に合う！」

「もういい、もういいんだ！　土下座してもおまえのこと無様だなんてだれも思わないから！　鶴城に謝れ！　殺されちまうぞ！　ていうか千切られるぞ！」

「またチ×ポ晒しの刑とか見せつけられたらたまらねぇよ！　なんだよあのアンドレ・ザ・ペニス！　俺たちの自信をまた失わせたいのかテメェ！」

みなの視線は健児から鶴城へと移った。冷酷非情なマコマコ団の団長は、珍しく真子のそばでなく健児のふたつ後ろの自席に座っており、引きつった笑みで三つ編みの先をいじりながら「えーと」としどろもどろに裁定を下す。

「ま、まあ、べつにDVDの貸し借りぐらい悪くないいんじゃないかなぁって……」

教室を席巻したのは、沈黙。

理解しがたいものを見たとき、人は言葉を失うのだ。

ただひとり、勝ち誇った笑みの健児を除いて。

「さっすが鶴城団長。真子の一番の親友は心が広いなぁ」

大手を振って真子の正面に立ち、DVDの入った封筒を手渡す。

「はい、昨日見つからなかったDVD。親父に聞いて探しといたから」

「あ、うん、ありがと」

父の書斎から発掘したスプラッタ映画だが、彼女は目を白黒させるばかりで喜ぶ余裕もない。事情を知らなければ、健児だって鶴城の異変に困惑していただろう。

思いかえせば昨日のこと。

健児は真子を送りかえしたあとでクラスの連絡網をチェックし、鶴城に電話をかけたのだ。

「もしもし、北野だけど。さっきはお楽しみでしたね」

『いきなりなに言ってんのよ。マコ以外の声なんて私は聞きたくないのよ』

「鈴ちゃんの声ならいいんだろ？」

息を呑む音が聞こえた。

「ちっちゃくて強気な子が好みなのかな。ちっちゃくても内気なよっちゃんには、あいうことしてないんだろ？」

『あ、ああいうことって、なによ』

「俺の家、鈴ちゃんちの隣なんだ。俺の部屋と鈴ちゃんの部屋はちょうどお向かい」

『それは……え、マジ？』

「いやぁ、今日はカーテンを開けると陽射しが目に染みたねぇ」

『あ……う……』

「俺も嬉しくてついデジカメなんか引っぱりだして写真いっぱい撮っちゃったよ」

少しずつ、ゆっくりと、外堀を埋めていくように鶴城の退路を断っていく。デジカメのくだりは嘘だが、動揺した鶴城には疑う余裕もなさそうだ。

「最近の家庭教師って、性教育まで教えるもんなの？」

健児が窓から目撃したのは、鶴城が鈴の小さな口を吸い、薄い胸をまさぐって、股ぐらにもなにやら手を伸ばしている様だった。鈴も心地よさげに身を委ねていたが、明らかに尋常な行為ではない。

「マコひと筋の鶴城団長が浮気なんて、マコが聞いたら泣くだろうなぁ。だいたい女同士だからって小学生はまずいぞ？」

そこで電話を切った。みなまで言う必要はない。最低限の理解力があれば、二度と健児の行動を邪魔できないはずだ。

鶴城がなにもしてこなければ、団員が自発的になにかをしてくることもない。ガタイのよい菱沼までがオロオロする様は妙に可愛らしい。

「お、おい、鶴城、なんか悪いもんでも食ったのか？」

「私は普通よ？　いやほら、マコだっていろんな人とお話したほうがいいかなーなんて思っちゃったりなんかして」

そのセリフは大きな過ちだと彼女が理解したのは、歓声をあげて真子に殺到する男子軍を目にしてからだろう。今までマコマコ団に牽制されてきた男たちは、はち切れんばかりの好奇心に目をきらめかせて真子を取りまいていく。

「鷲尾さん、俺ともお話しようよ！」

「え、ええ？　わ、私、あの、その」

「そのＤＶＤなに？　映画とか好きなの？　俺ってフランス映画とかよく見るんだけ

ど、今度一緒に見に行かない？」

「フ、フランス映画は、その、あの」

「鷲尾さんってさ、付き合ってる男とかいないよね。だったら俺と……」

よほど溜めこんでいたのか、魑魅魍魎《ちみもうりょう》の跳梁跋扈《ちょうりょうばっこ》もさながらに男たちははしゃぎまわった。この騒ぎはさすがに健児にとっても予想外だった。

矢継ぎ早に言葉を投げかけられ、真子は慣れない状況にまともな返答をすることもできず、ただただ顔を充血させていき、やがて大爆発を起こした。

「う、ううぅるさーい！」

真子の一喝で場がいっせいに静まりかえる。

「私は聖徳太子じゃないのよ！　一度に話しかけられても困るじゃないの！　だいたい鶴城がＯＫ出したからって気安いにもほどがあるわ！」

「でも北野とはＤＶＤ借りたりして気安い感じだったじゃん」

「それは北野くんが、私のご……」

「ご？」

真子の言葉のつづきに、みなが耳を澄ませる。

健児は誤算の連発に冷や汗をかいた。ここで真子との関係が明らかにされたら、いくら弱みを握っているとはいえ鶴城の怒りをとめられるとは思えない。

どうなる。どう答える。

「ご……」

真子の口が戸惑いがちに開くのを、健児は死刑宣告のような心持ちで見守った。

「ご、ゴリラ趣味の、仲間なの」

予想外すぎた。

「ゴリラの話、するの。ゴリラって、そう、すごいの！　すっごく頭がよくって、力持ちでかっこよくて、そんなゴリラの話で意気投合してただけ！　このDVDもゴリラ！　ゴリラDVDなの！　北野くんとはゴリラ仲間なのよ！」

「だよね、真子ちゃんって前からゴリラのこと好きだもんね」

よっちゃんがおっとりした笑みで「ね」と真子に微笑みかける。

「も、もちろん！　小学校の頃はゴリラ語のマコちゃんって言われてたのよ！」

へぇ、という気のない返事が男子勢からこぼれる。

「俺もべつに嫌いじゃないけど……」

「うん、動物特集番組で見たけど、うん、まあおもしろいよね」

「でもアイツら、檻ごしにウンコ投げてくるぜ」

「そ、そのスリルがまた、た、楽しいですわよ？　うほほっ、うほうほっ」

クラスメイトの腫れ物に触るような視線を一身に浴びて、真子は頬を引きつらせていた。そんな彼女を見た鶴城は、頭を抱えて落涙する。

一時はどうなることかと思われたが、ひとまず山場は乗り越えたらしい。健児は安堵とともに鶴城への勝利感を噛みしめた。


ぶっひゃーと盛大なため息が地面に落ちる。

コの字型の校舎に囲まれた中庭で、真子はベンチに溶け入らんばかりにうなだれていた。膝に乗せた弁当まで湿気てしまいそうな陰鬱《いんうつ》さである。

そしてまた、ぶひゃー。

「ブタならブタらしくぶひーだろ、ぶひー」

健児はさりげなく毒を吐いて、立ったまま購売のパンにかぶりついた。

「だって最近、みんながみんな誤解しまくった目つきで私のほう見るんだぶひー」

「今も上のほうからそんな感じで見られてるな」

ふたりの教室がある二階の廊下から生温かな視線が投げかけられている。

「全然違うのに……むしろ血で血を洗う呪われた主従関係なのに……ぶひぃ」

うつむきながらリンゴのように赤面しているのは、真っ赤な耳を見ればすぐわかる。

先日、真子との接触解禁で一時は騒然としたクラスも、ゴリラ発言でみなが呆れたのかひとまず鎮静化した。

それでも真子はアンタッチャブルな高嶺《たかね》の花でなく、気軽に話せるクラスメイトとしてみなに受け入れられた。他愛ない話を持ちかけられたり、落とし物を普通に手渡されたり、どこにでもいるひとりの女の子として。

ただ、真子と健児のただならぬ関係にはみんな薄々勘づいているようで、たまに冷やかしとやっかみの入り交じった野次が飛んでくることもある。

(いっそのこと付き合ってるってことにすれば楽なのに)

真子のなかの譲れない一線は、今も昔も変わることがない。ただ、それを乗り越えることは難しくないいんじゃないかと、健児には思えてきた。

「ところでさ、拉致監禁の時に言ってた協力者って、もしかしてよっちゃんのことか？ゴリラのときもフォローー入れてくれてたし」

「うん……あの子は鶴城と菱沼さんに付き合わされてたようなもんだし、私とも普通にお話したかったんだって」

「いい子じゃないか」

「でもね、さっきご主人さまに引っ張られてここに来るとき、『青春だよね』って満面の笑みで言われちゃったの……ああもう、こんな誤解ヤだ。死にたい。死なせて」

弁当をぽつぽつとつまみながら、真子はまた嘆息する。

「そんなこと言って、最近の真子って楽しそうだよ」

「楽しくなんか全然ないわよ！」

真子はとうとう耐えられないというように顔を跳ねあげた。

「今日なんて男子にゴリ子って呼ばれたのよ、ゴリ子って！　なによそれ！　菱沼さんと違って私はチビなのよ！　なにがどうゴリラなのよ！」

「言葉責めみたいなもんだろ」

「ご主人さま以外に言葉責めされてもダメなのよ！」

嬉しいことを言ってくれるなぁと微笑んでいると、真子は自分の発言に気づいたのか首をブンブンと左右に振った。

「ご主人さまのSオーラがすごいってだけの話だからね！　単に私のなかの雌犬本能がいじめてほしいってうずくだけ！　勘違いしないでよ、このご主人さま野郎！」

「あーはいはい」

真子の言いわけも聞き飽きたので適当なところで話を切った。彼女の心の隙がどこにあるのか、今では手に取るようにわかる。

自分が本当に望む関係のために、健児はこの場で次の行動に移ることにした。

「わざわざ中庭まで呼びだした件だけどな、そろそろテスト期間だろ？」

「勉強で睡眠時間削れていくのって、つらくて効くのよね」

「うん、勉強でつらいから、テストが終わるまでアレやコレやはお預けにしよう」

真子は凍りつき、ギギ、ギギ、と不自然な動きで振り向いてくる。

「アレやコレやって、つまり、もしかして」

「たった数週間ちん×ん舐めたりぶちこまれたりをガマンするだけだ」

「そ、そんな、今さら……定期的にレイピングされないと私、頭狂っちゃうし」

「学生の本分は勉強だろ。ガマンしたらご褒美もあげるから」

健児は彼女の耳もとに口を寄せた。

下される指示を弁当のおかずと一緒に呑みこむにつれて、真子の呼吸が乱れていく。

彼女を取りまく環境が以前のままならさほど威力を持たないが、クラスに溶けこみつつある今なら、真子にとって絶好の被虐になりうる仕打ちであった。

「できるな、おまえは俺の可愛いペットなんだから」

「は、はい……ご主人さまの、おおせのとおりに」

想像だけで昂っているのか、真子はしなやかな太腿をしきりに擦り合わせていた。

鷲尾真子は生まれてはじめて赤点を取った。

得意なはずの英語で一〇〇点満点中二〇点という体たらくに、万年ジャージの担任教師も渋面で唸る。

「うーん、どうしたよ、鷲尾。今回は他の科目も赤点ギリギリだったぞ」

職員室に呼びだされてお叱りの言葉を受けるなど、優等生の真子にはありえないことだった。まわりの教師陣も珍獣でも見るような目を向けてくる。

（あ、あんまり見ないでよぉ……！　今ちょうど作動中なのにぃ……！）

視線を浴びて高まった熱が下腹に沈殿し、静かに震えるローターで揉みほぐされると、思考回路も蕩けるような快感に変わっていく。テスト勉強の時も試験本番も、この愉悦のせいでろくに思考ができなかったのだ。

「字もミミズがのたうったみたいになってるしなぁ……まあ体調も悪かったみたいだし、仕方ないかもしれないけど、ルールはルールだから情状酌量はなしだぞ」

「はい……謹んで追試を受けさせていただきます」

一礼をして職員室を出て、真っ先に女子トイレへ向かう。

個室に入ってドアにもたれかかり、スカートをそっと持ちあげた。

「バレてないよね……」

スカートの下の紺ブルマは見た目におかしなところはなにもない。だが、ブルマを上からつまんで浮かせると、むわりと湯気がたちこめる。水縞ショーツの隅々まで粘っこい愛液が染みわたっているのだ。蒸れて蒸れて仕方がない。

ショーツをさらに浮かせると、水分を吸ってプルプルに膨らんだナプキンがある。立ちこめる淫臭は日に日に濃厚になっていく。

「毎日毎日こんなのガマンできるはずないのに……狂っちゃうよ、発狂しちゃう。ご主人さま鬼畜すぎる。残虐魔人ね、北野健児」

そっと秘裂に指を伸ばす。いじりまわすわけではない。自分を苦しめてきたものがなんなのか、あらためて確かめるだけだ。

硬くて冷たいはずのディルドーが膣肉のなかで愛液にまみれ、すっかり生ぬるくなっていた。太さも長さもさほどでなく、バイブレーション機能もなしのシンプルな張り形だが、厄介なのはこの奥に仕込まれている。

ぶぶ、ぶぶ、とかすかに響く振動音の源は、ディルドーで膣奥に押しこまれたピンクローターである。いつもならクリトリスを刺激するために使うのだが、この数週間は常時子宮口に密着し、健児の気まぐれなリモコンさばきで振動してくる。

試験期間中にエッチを我慢することで下賜されたご褒美のはずなのに、日々バイブレーションに晒された子宮にとってはほとんど拷問に近い。

「子宮を刺激されたら、出てくる愛液が濃くなっちゃうのよね……まだ危険日じゃないけど、もしかして卵子出ちゃってるんじゃないの、コレ？　精子くれー精子くれーって子宮がうずいてる感じだし」

とろけた目つきで快美な行為を思い描く。

鉄パイプみたいに硬いペニスで突きまわされ、豚みたいに醜い喘ぎ声をまき散らしながら、イク瞬間に亀頭を子宮口へと押しつけられ、マグマみたいに熱い精液を叩きつけられたら――きっと、狂う。快楽のなかで自分が自分でなくなってしまう。

「よかった……危険日くる前でほんと助かった。このまま排卵日入ってたら絶対ヤバかった……中出し大歓迎で今日受精しちゃいますって笑顔で言っちゃってたわね。うん、セーフセーフ。私まだセーフ。雌奴隷だからって節度は忘れちゃダメよね」

ナプキンを新品に替え、今にも子宮から崩れ落ちそうな気分に耐えてトイレを出た。

放課後の教室に向かえば、そこで彼が待っている。

耐えつづけた奴隷にご褒美《ほうび》を与えてくれる、はしたなく愛液を漏らしまくった雌豚にお仕置きを与えてくれる、鬼畜で非道なご主人さま。

教室のドアを開けると、夕焼けに照らされて彼がたったひとりで立っていた。

「ご主人さま！」

喜悦の涙すらこぼれ、股ぐらにしゃぶりつきたくなる。しかし性感に痺れた脚はもどかしさを覚えるほどふらついて、前に進むのも一苦労だった。

彼の前にたどりつくと、膝からふっと力が抜ける。胸にしがみつき、心安らぐような優しい笑みを見上げた。

「赤点で追試なんてダメダメだな。罰として追試が終わるまでお預け続行」

「お、おにいぃぃいいいいい！」

真子は心の底から罵声をあげた。

人間は定期的に射精しないと生殖機能が衰えるらしい。

だから健児は真子との行為を禁じている間、四日に一度のペースでオナニーをしていた。オカズには本もＤＶＤもインターネットも必要ない。真子との行為を思いだせば、数秒と待たずに最大径まで勃起する。

しかしながら、右手だけでは当然のように寂しい。真子を焦らしている間は健児のほうも焦れに焦れていたが、きたるべきゴールを思い浮かべてなんとか乗りきった。

そして計画は最終段階に入る——

と、大仰なモノローグを脳内で語り、健児は携帯電話で時刻を見た。

約束の時間から三分が過ぎている。真子が追試を乗り越えて最初の日曜日、午前十時に遊園地前で待ち合わせの予定だった。

真子は時間にルーズなタイプではないし、三分程度は遅刻の範疇《はんちゅう》に入らないとは思うが、刻々と過ぎていく時が昂揚した精神の表面を少しずつ剝がし、毛羽立たせ、ささくれ立った気分にさせる。

「まさか焦らされすぎて怒ったか……それとも道中でガマンできなくなって他の男と……いや、それはない。いくら淫乱マゾだからってそんな」

「はいはい、お待たせさま！　ご希望の淫乱マゾですよ！」

振り向けば背後に天使がいた。

息せき切って胸を弾ませ、腕白小僧みたいに潑剌《はつらつ》とした笑顔でやってきた真子に、健児は後光が差しているような気がしてドキリとした。

いつもとなにが変わっているわけでもない。身につけているのも水色のダッフルコートに黒セーター、赤チェックのミニスカート、黒オーバーニーソックスに茶色のブーツという、以前に見たことがあるような服装だ。

「うふふ、この鬼畜。焦らし魔。わざわざこんなところまで呼びつけて、いったいどんなプレイをしてくださるおつもり？　陰険な北野健児のことだもん、スプラッタ映画好きの変態女がドン引きするような猟奇プレイをしてくれるのよね？」

罵声を飛ばしても、なお愛らしい微笑み。

（かわいいのは知ってるつもりだったけど……ここまでだっけ）

淫にとろけた顔ばかり見ていたので忘れていた。真子の顔はあどけないので、こういう笑い方がもっとも似合って当然なのだ。追試を終えてディルドーとローターをはずすことを許され、股ぐらに訪れた解放感がよほど彼女を浮き足立たせているのだろうか。

「早く鼻持ちならない命令をしなさいよ。時間は有限なんだから。ジェットコースターで逆立ちしろとか、コーヒーカップを吐瀉《としゃ》るまで回転させろとか」

「そんなもんじゃないぞ。今日のプレイはもっとひどい」

「そ、そんなに！」

「真子にとっては最悪ってぐらいじゃないかな」

ウキウキとかワクワクとか、そういう擬音が似合いそうな顔をしている真子の耳もとで、囁く。

「ラブラブ・カップル・プレイ」

一言一言、聞き違いのないようはっきりと。

「……え？」

硬直した真子を無理やり引きずり、入園ゲートへ向かう。

「いくぞ、真子。なんせ俺たちはラブラブだから腕も組まないとな」

「ちょ、ちょっと！　勝手に腕を絡めさせないでよ！　カップルとかラブラブとかありえないでしょ！　なんでよりにもよってご主人さまなんかと！」

「俺の考えたプレイに文句あるなら、今日はもうお預けな」

声にドスを利《き》かせ、強引に絡めさせた腕をさりげなくわしづかみにする。

コートとセーター越しでもなお、真子の腕の細さが手のひらに染みた。男と女の体の違い、覆しようのない力の差を、骨に染み入るほどの痛みで理解させる。

「わ、わかったわよ……」

真子は眉を少ししかめながら、頬と耳をポッと赤らめた。惚れ直したという顔に見える。そういう性格だから、健児も強硬手段に出られるのだ。

「いじめてる、だけなのよね……本気で私のこと、恋人にするわけじゃないのよね」

ぶつぶつ言っているのを聞こえないふりで、健児はあらかじめ購入しておいたチケット二枚をゲートの従業員に手渡した。

まずはドリンクだ。走ってきた真子はさぞかし喉が渇いているだろう。

あらかじめ下調べしておいたカップル御用達の屋台を見つけて注文する。

「トロピカルジュース、ストローは例のアレで」

パイナップルをメインにいくつかの果汁を混ぜ合わせたジュースだが、重要なのはストローである。案の定と言うべきか、真子はそれを見て耳を充血させる。

健児は路上に置かれているテーブルにグラスを置き、ハートマークを描いて二股に分かれたストローの一端を咥《くわ》えた。

「飲もうよ、俺たちなんせ愛情で結ばれた恋人同士なんだから」

「そ、それは……あの、プ、プレイ、なの？」

恥ずかしがってモジモジしている真子が可愛くて仕方ない。傍目には初々《ういうい》しいカップルにしか見えないだろう。

「羞恥プレイがイヤだなんてマゾヒストの風上にも置けないな」

「な、ななな、な、なんですって！」

赤らんだ顔がやにわに怒りに歪んだ。やはりと言うべきか、彼女はMであることに自信を抱いていたのだろう。この挑発は使える。健児は心にメモをした。

「なにが恋人プレイよ！　こんなのドMにかかれば……！」

噛み千切らんばかりの勢いでストローに吸いつき、猛然とジュースを啜りだす。

グラスが空になるのは一瞬。

健児は慈しみの眼差しで包みこむように優しく真子を見つめた。一気に口内に充満したジュースを飲みこむことができず、ハムスターみたいに頬を膨らませている。

「愛し合うふたりで飲むと格別においしいよな♡」

「ぶべおっ」

真子の噴きだしたトロピカルジュースが毒霧となって健児の顔を包みこんだ。


お次は定番のジェットコースター。

ステディなので当然手を繋ぎ、向かい風を受けて楽しい悲鳴をあげる。

「ひやふおおおおおっ、死ぬううう！　でも真子、死ぬときは一緒だぞ♡」

「ぐへあっ！　こ、ころせえええええ！　わたしをいますぐころせえええええええ！」

汗ばんだ手のひらが苦しげによじれても決して離さない。ジェットコースターに乗ったら血の気をなくすのが相場だが、降りる頃の真子は先ほどよりも顔を赤らめていた。体調が悪くなったわけではなさそうなので、遠慮なく次に行く。

着ぐるみのマスコットキャラにデジタルカメラを渡して真子の肩を抱き寄せた。

「初デートの記念に一枚撮ってください」

「は、はつでっ……あう、えうぅぅ」

ただでさえ細くて狭い肩をさらに縮めて深くうつむく真子の細い顎をつかみ、強引に上へ向けた。

ちゅっと頬にキスをする。

「はきゃっ」

デジカメ特有の味気ないシャッター音が真子の悲鳴と重なる。黒い馬というよくわからないマスコットキャラのくせにタイミングをわきまえているではないか。

「ありがとう、馬さん。これでクラスのみんなに見せびらかして自慢できます」

黒馬はデジカメを返し、腰に片手を当ててサムズアップをする。うまくやれよ、という励ましに見えたので、了解の意をこめて健児も親指を立てた。

ほかの客にマスコットが連れていかれると、やおら真子はふらりと頭を揺らした。

倒れる気配があったので、健児はすばやく彼女の腕を自分に絡めさせた。

「こ、こんなにも地獄みたいな羞恥責めははじめて……」

「ちょっと休むか?」

「お願いします……私、調子乗ってました。いっちょまえのMのつもりで勘違いしてました。マジでそろそろ堪忍してほしいです……」

「さあどうするかな」

まだまだ彼女を解放するわけにはいかない。計画はまだまだ初期段階だし、唇に残ったキスの感触が今も健児を奮い立たせる。

まるで豆腐かプリンみたいにふわふわのほっぺただった。唇にキスをしたら、たぶんもっとおいしい。本当の恋人になれたら、いくらでもそれを味わえる。

キスも拒絶されるような関係はまっぴらごめんなのだ。

「あれで休憩しようか」

健児が指差したものを見て、真子の顔はたちどころに明るくなった。

一〇〇メートル級の観覧車である。

「高いところの空気吸ったら気分もよくなるよ」

「うん……密室だよね、アレって」

「だな。まわりの目を気にせず好きなことができるぞ」

「まわりの目を気にせず好きなだけマゾマゾできるのね」

真子は少し内股気味に太腿を擦り合わせる。何週間にもわたって焦らされて蓄積した肉欲が、濃厚に香るようだった。


観覧車のゴンドラに踏み入るとき、真子は自分の足音が水っぽい音をたてているように思えてならなかった。

愛液が全身の毛穴から漏れてきそうなぐらい、快美な熱感に囚われている。あとから入ってきた健児が向かいに座っても、真子は腰を降ろす気になれなかった。

「座らないと危ないぞ？　ほら、もう動きだしてる」

窓の外は空の領域に呑みこまれようとしている。一周にかかる時間はおよそ十五分。いける。やれる。余裕で十回ぐらいイケる。焦らされていた日数分だけ一秒ごとにイッてしまいそうな気がする。

遊園地に入ってからの焦らしというか、羞恥プレイというか、ラブラブカップルのふりという悪夢のような責め苦も、なんだかんだで功を奏したらしく、真子の頭はすっかり茹《ゆ》だって健児の股ぐらしか見えなくなっていた。

「……もう、いいですよね？　私、いつもの雌奴隷になっちゃっても」

立ったままタータンチェックのスカートの裾をつかみあげる。ゴンドラが上昇して地上からは見えないと言っても、他のゴンドラからは小窓越しに覗けるかもしれないのに。

(見られてもいい……！　どうせ知り合いなんていないし、知らない人にヘンタイ女って思われるぐらい、むしろマゾ的にご褒美だし！)

さらけだした水縞ショーツは濡れ雑巾も同然に湿っており、幾筋もの肉汁が内腿にこぼれていた。今までスカートとニーソックスの間が濡れていることにだれも気づかなかったのが奇跡だと思う。さっきデジカメで撮った写真にも汚れた太腿が写っているかもしれない。

「お漏らししたみたいだな……断るまでもなく根っこから雌奴隷だよ、真子は」

「だって、今日ようやくディルドーとローター抜いてこれたんだもん……ブルマもナプキンもいらないと思ってたのに、なんだかまだ入ってるみたいな感覚があって……ご主人さまも意味不明な鬼畜責めをしてくるし……」

腰をよじって見せつける。ショーツに蓄えきれなくなった水分が、今まさに水滴となって淫らに滴るその様を。

「ほら、どろっどろでしょ……ぐぢゅっぐぢゅでしょ……子宮の奥から漏れてくるの。ご主人さまにいじめてほしくて、雌豚ま×この奥のほうがウズウズしちゃうの」

「もっと間近で見せてもらおっかな」

健児はプリン質の尻を揉みながら、ショーツに鼻先を近づけた。それだけで真子の興奮は最高潮に近づき、拍動が加速していく。

「俺ちょっと無口になるけど、その間がんばってアピールしてくれ。はっきり言ってくれないと、真子がなにをしてほしいのかさっぱりわかんないし」

「わ、わかりました……ヘンタイ雌奴隷のはしたないご要望でお耳を汚してしまいますが、どうかお許しください……」

従属感たっぷりのセリフに、乳首の先まで濡れだしたように思えた。今日はコートを着てきているのでバレないだろうとタカをくって、ブラどころか肌着すら着ていない。セーターの下は地肌なので、ウールの目に見えない細かな毛羽立ちがチクチクと刺さる。

なまじ乳肉が弾力にあふれているせいで、わずかな身じろぎでも豊かに揺れて摩擦感が生じるのだ。健児の顔がさらに近づき、ショーツの食いこんだ縦溝に唇を触れた瞬間も、歓喜のみじろぎで黒セーター前面の丸みがぷるんと弾んだ。

「あぁ、そ、そこ、に、入れてほしい……！」

ショーツに染みこんだ愛液を、健児がおいしそうにじゅるじゅると啜る。鼻先が陰核に当たると、ぱぁっと脳髄が白濁に包まれて膝がガクガクと震えた。

軽く、イッてしまった。ショーツごしに秘裂をしゃぶられ、クリトリスをちょっと突かれただけなのに。

「生の、おち×ぽぉ……硬くて反りかえったチ×ポでゴシゴシってなかをこすってもらって、エラで肉襞が削り取れるぐらいで、マン汁かきだされて、私、動物みたいに鳴きまくって、イキまくるの、したい……！」

現代文は得意なつもりだったが、今の自分が日本語を間違えずに使えているという自信はない。健児の舌がショーツを押しこんできて、水を吸った布地の硬さと舌の熱さで陰唇ばかりか内襞からも愉悦が引きだされる。膣膜が剝がれそうな痛み寸前の心地よさではあるし、あっさりと目がくらんでしまうものの、真子が本当に望んでいる絶頂には及ばない。

「く、口だけじゃ、らめなのぉ……！　セックス、したい……！　レイプ、されたい、犯されたいぃ、ち×ぽずぼずぼされたいぃ！　お願いぃ！　ご主人さまお願い、なんでもするからぁ！　もうガマンできなくて死んじゃうよぉ！」

「死んでもガマンしろ。もうちょっと真子のエロ汁を味わってから……」

ぢゅぱぱっと下品な吸音が狭い密室に反響する。

「んはっ、あぁぁ！　音、すごいぃ！　淫乱汁出まくりですぅぅ！」

食いこんでいたショーツが引っぱりだされる際の痛悦な擦過に腰が砕けそうになるが、がっちりつかまれた尻は位置を落とすこともできない。上体だけが屈し、健児の頭を支えにして体勢を保つが、そのせいで健児の顔がいっそう股ぐらに食いこんでくる。

「うーわ、顔中べとべとだ。あとでお仕置きしないとな」

「は、はい、してください！　お仕置き好きです、ご主人さまのお仕置きならなんでもイケちゃいます！　イキたいです、もっとイキたい……！」

「イキっぱなしでビクビクしてるな、ここ」

健児の舌がショーツの裏に割りこみ、水風船のように膨らんだ陰阜に貼りついてくる。陰毛にしては柔らかな和毛をなぞって秘裂に直接入りこむや、ショーツを脇に寄せてドリルのようにねじこまれた。

粘膜と粘膜が吸着して味蕾と肉襞がキスをする悦びに、執拗なまでの絶頂感が湧きあがるが、今度こそ真子は下唇を噛んで耐える。

「ううぅ、んっ、ひうぅ……イキたいけど、まだらめぇ……！」

溜めこんだ欲望が細かなオルガで少しずつ晴らされていくのが、今さらながらもったいない。

（もっと思いっきりイクの！　ご主人さまのチ×ポじゃないとイヤ！　あのぶっといお仕置き棒で犯し殺されるぐらいじゃないとイヤなのぉ！）

少しでも気持ちを伝えようと、鼻から喘ぎを振りまいて健児の髪を撫でまわした。

膣肉で舌を圧搾されても果敢に襞肉をこすってくれる、ステキなご主人さま。鼻でクリトリスを潰すのにも慣れて、今にも真子が狂いそうな鼻息を振りまいているのを含み笑いで愉しんでいる意地悪なご主人さま。処女を乱暴に奪ってくれたご主人さま。拉致監禁で一気にSとして開花した真性のご主人さま。

ご主人さま。ああ、ご主人さま。観覧車のゴンドラにいることも忘れてしまうほど、頭のなかがご主人さまでいっぱいになっていた。

（私の、ご主人さま……！　私の、北野健児……！）

舌が伸びるかぎり伸ばされ、腹側の敏感な膣壁をかすめたとき、下唇を噛んでも耐えきれない快感の波が背筋を登ってきた。

「んんんんぅぅぅ！」

おとがいを弾ませて痙攣《けいれん》する。まだイキたくなかったのに、耐えられなかった。もったいないと思ってもとまらない。大量の愛液が噴きだすように溢れだし、健児の口内に流れていくのを留められない。

「ご、ごめんなさい、また私だけイッちゃったぁ……」

「許さない。お仕置きするしかないよな」

健児は窓から外を見下ろし、まだゴンドラが頂点に達していないことを確かめた。人前では絶対にできない強烈なお仕置きの予兆である。

真子はきたるべき快楽に備え、健児の頭を離して後ろの窓にもたれかかった。膝裏が椅子に引っかかるので、ことさら股間を突きだすような体勢になってしまう。好き者のヘンタイ女にはお似合いなので、いっそう気分は高まった。

ショーツの縁に親指を引っかけ、オーバーニーソックスの縁まで降ろしていく。剝き出しの女陰はサーモンピンクの美肉を垣間見せる程度の清純な割れ目だが、生々しく滴りつづける愛液の濃さが淫乱女の本質を如実に表していた。

「えへへ……脚はあんまり開かないけど、そのほうがキツキツで気持ちいいですよね」

自然と媚びた目つきで健児を見やるが、彼の爽快すぎる笑顔に不穏な空気を感じた。

「実はこんなの買ってみたんだ」

健児のジャケットの内ポケットからビニール袋が取りだされ、そこから出てきたものに真子は「ひっ」と声を上擦らせた。

まるで半開きのバラのような淫具だった。長く細い茎の先に、複雑に入り組んだ襞構造の塊がついている。バラと言いきれないのは、小指の爪ほどの長さのイボが花びらの外縁部に生えているからだ。

茎の根元のグリップにスイッチがついており、健児がそれを親指で押すと、先端がゆっくりと回転した。スイッチをさらに押しあげると、小刻みな振動までともなう。

「さて問題です。これはマゾ奴隷のどういう場所をいじめる器具でしょう」

真子は恐怖すら感じて、渇いた喉に生唾を流しこんだ。

「し、しきゅう」

「正解。子宮だけをいじめるんだ。他の部分の感覚まで全部子宮に持っていかれるぐらい、こいつでグヂュグヂュにしてやるんだ。ほら、待望のお仕置きしてやるから、自分でマ×コひろげてみろ」

「い、いや……！　今、子宮はダメ……！」

震える顔をいやいやと左右に振る。あどけない顔立ちが怯《おび》えの色を浮かべると悲愴感が増すものだが、健児のサディスティックな笑みを消すことはできない。

「ずっとローターで子宮口いじめてたから、めちゃくちゃ敏感になってるだろ？　もっと敏感にしてやるぞ。チ×ポぶちこまれたときに気持ちよすぎて死んじゃうぐらい」

「そんなぁ……おち×ぽ入れてもらえる前に狂って死んじゃうよぉ……！」

「もともと頭おかしいだろ。恋人でもない男に股開いてよがり狂う時点で」

毛先ほどの苛立ちを言葉にこめて、健児はその淫具を突きだしてきた。

真子は腰を引いて逃れようとしたが、今までの快感ですでに背骨の力はほとんど失われており、身悶えだけで終わった。電動のとめられた冷たい塊が秘裂を貫き、紅色に輝く媚肉をかき擦りながら最奥を目指す。

「ひぃぃっ、ご主人さま、許して、許してぇ！　イヤなの、ほんとにイヤなの！」

「本気でイヤなら濡らしたりしないだろ。ほら、さっきよりもダラダラ垂れてくるし、色も濃くなってる。子宮いじめてもらえるの嬉しいんだろ？」

「やっ、あっ、あっ、届いちゃう、届いちゃううぅぅ！」

イボ付き薔薇《ばら》で最奥を突かれると、瞬間的な絶頂が真子の身体を脳髄までつんざいた。身じろぎでゴンドラを揺らし、アクメ声とともに泡じみた唾液をこぼす。

「あえええぇぇええっ、ひぐっ、しきゅういぐぅぅぅぅ」

「ほら、悦んでる悦んでる。お仕置きのはずなのに、これじゃ全然ダメだ。俺ってご主人さまの才能ないなぁ」

スイッチひとつで襞とイボの多重構造が回転し、最奥一歩手前の小さな口をぐちぐちっとこすりだした。硫酸のような悦感が細胞ひとつひとつを焼くようにして、胎児を育む小さな袋を入り口から侵食していく。細い茎の部分が途中の襞肉をまったく刺激してくれないせいで、健児の言ったとおり子宮ばかりに神経が集中してしまう。

淫具の回転に巻きこまれて、子宮までねじれていく気がした。内臓も思考もすべてその渦に吸いこまれていく。今までに経験したことのないエクスタシーに、発作じみた痙攣《けいれん》で悶え狂う。

「らめぇぇえ！　ほんろにらめになるうぅぅ！」

「気持ちいいんだろ？　ほら、バイブレーションＯＮ」

回転につづけて細かな振動まで起こると、子宮がドクドクンッと大きく脈動する。子宮の感覚が飛び火しているのか、贅肉の少ない腹まで跳ね動いた。

どろりととびきり濃厚な肉欲のエキスが子宮のさらに奥から垂れ落ちる。男の子種と結合したいという本能で凝り固まった、神経過敏な卵子汁だ。

「ほんと気持ちよさそうだなぁ。愛液だか精液だかわからないぐらいドロドロだよ」

「んひぃぃぃぃぃッ！　ひがうぅ、ひがうおぉぉ！　ひもちひぃけろ、ぜんぜんひがうおぉぉ！　これじゃなひぃぃ、これじゃなひぃぃぃ！」

真子は子宮と卵子を代弁して嬌声をあげた。たしかにこの子宮責め具も気持ちいい。過敏化した場所をピンポイントでいじめられると、その一点が快楽の溶鉱炉となって理性も感情もすべて一緒くたに融解させていく。

だが、それでも違うのだ。真子の女としての本能が欲しているのは、ただ激しいだけの快感ではない。

「おひ×ぽぉぉ！　ぶちこんれぇぇ！　せいしぃ、生せいし中出しほしぃぃぃ！」

「別に俺はいいんだけど……今日、危険日じゃないのか？」

真子の悲鳴は喉奥で潰れた。それほどまでにショックだった。

追試の前の段階では意識していたはずなのだ。追試を乗り越えたとしても、そのときには排卵日がはじまってしまうと。どれだけレイプ中出しをしてほしくてもガマンしなければいけない時期だと。

しかし、積み重なったローター責めで子宮もろとも頭がふやけ、それでも追試に集中するあまり、すっかり危険日という概念が溶け去っていた。

「それとも、危険日に中出しされてもかまわないぐらいマゾなのか？」

女の子として当然の妊娠への危機感が、健児の手でねじられた淫具によって削り落とされてしまう。せりだした子宮口をゴッゴッッと突かれると、甘美な痺れが脳天にまで及び、やぶれかぶれな酩酊感を蔓延させる。

（健児とならら……それもいいかな）

心のどこかで、ほんのかすかに安堵感を覚えながら。

「わ、わらひぃ、ヘンタイのマゾれすうぅぅ！　だからぁ、らからぁあ、犯ひてえぇぇええええええ！　中出ひれも、妊娠ひてもいいいぃいあああぁあぁあ！」

腰を突きあげ白目を剝き、法悦の有頂天に喚き狂う。ぶぴっ、ぶぴっ、と秘裂の隅から子宮のミルクが吹きだし、健児の袖口を汚していく。

彼はそれでもかまうことなく、肉唇を拡張するようにグリップで円を描いた。絶頂に次ぐ絶頂で真子が涙まで流しても、それが随喜のものであると理解して、円運動の先端が子宮口からはずれないよう細心の注意を払ってM奴隷を責め立てる。

「ありがとう、真子。ヘンタイマゾでいてくれて、本当にありがとう」

「ひああっ、わたしこそち×ぽ、くれるの、うれしいし、ありがとうです……」

「でも、ここじゃ無理だな」

顎をしゃくって窓の外を示された。快楽に淀んだ瞳にうっすらと、地上に近づきつつある景色が見えてくる。

「あ、あぁぁ……じゃあ、どこか人目につかないところいかなきゃ……」

「それまでの間、コイツは入れたままにしとこうか」

健児がグリップの真ん中を押さえてねじると、グリップの半分ほどがぱっかりとはずれた。それでも膣口から数センチほどはみだしているのに、ショーツを持ちあげられてクロッチで強引に押さえこまれる。これでは先端が子宮口に食いこんだままだし、ちょっと下から覗けば下着が不自然に膨らんでいることが見えてしまう。そうでなくとも内腿は愛液まみれでテラテラと光沢を帯びているのだ。

ドキドキする。真っ当にマゾらしい羞恥シチュエーションだ。

「せっかく久しぶりの中出しセックスなんだから、できるだけ盛りあげないとな。真子が一番恥ずかしがるセリフ考えてやったぞ。俺の言ったとおりに復唱しろよ」

到着が近づきつつあるゴンドラ内で、健児が読みあげるセリフは、たしかに真子にとっては最悪に近い内容であった。

（はずかしい……はずかしいは、きもちいい……わたし、もっときもちよくなっちゃうよぉ……くるっちゃってるのに、もっとくるっちゃう……）

すでに正気に立ちかえることはできない。いまだに子宮は爆発しつづけている感じだし、狂っていても仕方ない。

狂ってるから、仕方ないのだ。

ゴンドラの入り口が外から開かれ、まずは健児が出る。視線がゴンドラの床に向けられたのは、そこに愛液の跡がついていることを確かめたのだろう。

彼に手を差しのべられ、エスコートされるままフラフラと出ていこうとして、真子は大きくバランスを崩した。なにもない場所でどうやってつまずいたのかはわからないし、もしかしたらわざとじゃないかしらという気もしたが、すべての疑問は快楽に呑みこまれていく。

真子は健児の首に抱きついた。

順番待ちの列が好奇の眼差しを投げかけていることに気づきながら、健児との主従関係を築いて以来もっとも恥ずかしいセリフを吐きだした。

「好き！　大好き、健児！　これからもずっと私と一緒にいて！」

あーあ、言っちゃった。と、心のどこかでもうひとりの自分が嬉しそうに微笑んでいる気がした。

「もちろんだよ、真子。俺たちはずっと一緒だ」

唇に柔らかなものが触れた。

それも唇。健児の唇が重なっていた。

恥ずかしすぎて死にそうだ。野次馬の口笛を聞きながら、ファーストキスを奪われてしまったのだ。

(鬼畜……外道……やっぱり最初に思ったとおりじゃないの。北野健児は最凶最悪の凌辱魔だわ)

羞恥を味わうように、真子はしばらく健児との口づけを味わった。

(ご主人さまとしては最高ね……これ以上ないドSだわ、あなたって)

割れんばかりの歓声を受け、ふたりは観覧車をあとにした。もちろん真子は健児の腕にしがみつかなければろくに歩けない状態だ。

しかし、これでようやくセックスをしてもらえる。

激しいレイプだ。泣き叫んでも許してもらえない中出しレイプ。

(絶対にダメなのに、受精して、妊娠しちゃう……)

嬉しくて頭が沸騰しそうになっていた。

遊園地を足早に出て、ホテルにでも連れていかれるのかと思えば、信号をいくつか越えて住宅街に入った。

途中、道ばたにもかかわらず何度もキスを求められた。とんでもない虐待である。奴隷に対して親愛の情を示すなんて、イカれてると言わざるをえない。羞恥プレイにしてもいきすぎで、頭がぼぉっとしてしまう。

「んっ、ちゅっ、はぁ……ご主人さま、許してぇ」

「許してほしいって言うのは、もっとしてくれってことだよな」

わざわざ通行人がいるタイミングを狙って、耳を撫でながら唇を奪い、舌先で唇を撫でるだけで女をうっとりさせる超外道が現在の北野健児だった。

（恥ずかしくて死んじゃいそうなのに、子宮どんどん降りてって、もっともっと精子ほしくなってきちゃうなんて、調教テクがすさまじすぎるよぉ……！）

だいたい肉奴隷の唇というのはご主人さまのペニスに奉仕するためのものであって、恋人のように口づけを交わすのは御法度と言っていい。水音をたててフェラチオするよりも、喉奥を無理やり犯されるよりも、ずっと心苦しい気分になってしまう。

「じゃあここに入ろうか」

唇と見せかけて耳にキスを受け、ぞわっと背筋を震わせてから健児の示した建物を見る。

「え……でも、ここって」

ちょっとばかり塀が高いだけの、普通の民家に見えた。ラブホテルでもなければ十字型の洋館でもない。表札だって明らかに一般人の名字である。

『鶴城』

そういえば、彼女の家は遊園地に近い場所だと聞いたことがあった気がする。

「心配しなくても下調べはしてるから。今日は夜まで家族で出かけてるってさ」

「で、でも、でもぉ……」

「いいから」

また唇を塞がれたばかりか、今度は生ぬるい舌まで潜りこんできた。観覧車では膣内をほじくっていた粘膜が、今までさんざん男根をねぶってきた真子の粘膜に絡みつく。

「んぢゅっ、ちゅぱっ、れうぅ……」

口内が膣内になったような、硬さの抜けたペニスをしゃぶらされているような、マゾ心をくすぐる刺激が口内いっぱいにひろがる。

(仕方ないんだもん……キスが気持ちよくても、健児が好きだからってわけじゃなくて、ご主人さまにいじめられてるからだもん)

胸中に葛藤と興奮を抱いて、自分からも舌を絡めだした。そうすると水音が何倍も大きくなり、口内もいっそうの喜悦に染まりだす。少しずつ腕を引かれて鶴城の家の門内に導かれていることだって気にならない。

自分のご主人さまだと決めた相手と唇を擦り合わせ、舌と舌を粘着させていると、頭がふわふわになって宙にだって浮かべそうな気がしてくる。

「ちゅむぅっ、ぱちゅっ、はんっ、あああぁ……キス、こわい……」

「まんじゅうこわいって落語があったな」

いったん健児は口を離し、頬をもごもごと動かした。唾液を溜めていることはすぐにわかった。他人の家の庭に勝手にあがりこみながら、罪悪感を覚えるよりも雌奴隷に唾液を呑ませることを考えつくなんて、この男はきっと前世も守護霊もみんなドSなのだろう。

(呑まされちゃう……ご主人さまのツバ、お口もお腹もいっぱいになるまで……)

わけもわからないまま、ブロック塀と低木の植えこみの間に連れこまれた。まだかまだかと口を開けて待っていたので、正面から背中を抱き寄せられたときは期待いっぱいに舌まで晒した。フェラチオのときと同じ下品な口もとを、背伸びで彼の顔に近づける。

健児も首を折って口もとを近づけてきて、ぬらりと糸を引いて唇を開けた。

垂れ落ちてくる唾液を落とさないよう、真子はみずからそこにしゃぶりつく。

「んちゅうっ、るちゅっ、むふあぁ！　ちゅぢゅっ、ちゅぱっ、ぢゅぷっ！」

夢見心地の粘膜刺激の上を滑るようにして唾液が流れこんできた。生臭いのにほんり甘い。舌を絡ませる際に口内でぐちゅぐちゅとかき混ぜられ、そのたび甘みを増していく。男女の唾液が化学反応を起こして媚薬となり、真子の顎の力を奪っていく。

嚥下《えんか》をしたらもうたまらない。粘っこい喉越しに刺激されて、子宮が燃えあがった。

「ちゅむっ、ぴちゅっ、んむぅぅ、ご主人ひゃまあ、れるっ、んぱぁ、このまま、キスしながら、ちゅぱぱっ、レイプしてくださぃぃ！」

「んっ、ちゅるっ、いいぞ、ただし中出しだぞ」

「あはあぁぁッ、排卵日に、キスしながら、受精確定の中出しレイプぅ……ちゅぷっ、んぢゅううっ、ぬっちゅ、ぬっちゅ、あぁん、こんな興奮するレイプはじめてぇ」

どちらのものとも知れない唾液がこぼれても気にせず、互いの味覚を求め合いながら、ふたりは少しずつ地面に倒れていく。

真子が下に、健児は上に。ダッフルコートが汚れても気にならない。むしろ汚されたほうがレイプっぽさが増す。

大きく開いたニーソックスの細脚を割って、健児の腰が入りこんでくる。ジッパーを降ろすのは真子の手。懐から取りだしたハサミでショーツを切り裂くのは健児の手。

互いの股間をまさぐり、露出させ、キスをしながら撫でまわす。

「ちゅばぅっ、るぷぉお、やったぁ、おち×ぽぉ……！　おち×ぽ、ずっとほしかったよぉ、おち×ぽぉ、おち×ぽさまぁ、ご主人さまの極悪レイプち×ぽぉ！」

「真子のおま×ここそ最悪なぐらい濡れてるな。ほら、楽にしてやるぞ」

健児は淫具を一気に引き抜き、いったん口を離して上体を起こして、ねっとり垂れる子宮汁をあえて真子のスカートとセーターに振りまいた。

さんざんシェイクされてクリーム状になった肉汁が、お気に入りの服に染みを作る。その染みを追うように、健児のハサミがセーターに触れた。ちょうど豊かな胸の谷間。軽く当てられただけだが、鋭い先端はたしかに微細な編み目に入りこんでいた。

「オッパイ見せてもらうけど、いいよな」

「あぁ、見てぇ、乳首勃起してる恥ずかしいオッパイ見てぇ」

ぷつっと軽く糸を断っただけでハサミは引っこめられる。代わりに健児の手がセーターを左右に開き、力任せに引き裂いた。

剝き出しの双乳が勢いよくバウンドし、白とピンクの残像を宙に残して汗のしぶきを舞い散らせる。

「やっぱりここだけはボリュームたっぷりだな」

しっかり膨らんだ乳首を指で弾かれ、電流のような快感に背筋をのけ反らせる。

「感度もいいし、赤ちゃんにミルクあげるときが愉しみだ」

「あぁ、や、赤ちゃんはぁ……」

「これから受精させるんだから、赤ん坊のことぐらい考えるだろ？」

わざと曖昧に考えていたことを耳もとに囁かれ、真子は恐怖よりも甘い気分に浸ってしまった。

（健児の赤ちゃん……これから中出しされて、イキまくりながら受精しちゃって、子宮でおっきくなってく私の赤ちゃん……）

蕩揺《とうよう》する目で雲のすくない乾いた空を見上げていると、不意に股ぐらに焼き鏝《やごて》を押し当てられたような熱感が生じた。

「あぁあッ、ひゃんっ、あぁぁああ、おち×ぽ、きちゃったぁ……！」

「ぼうっとしてないで、しっかり感じてるんだぞ。ずっと入れてほしかったものだろ？　一秒だって無駄にできないからな」

ずっと夢見てきた、本当に夢に出てきた凶悪な青筋ペニスが、いとおしくて仕方ない。子宮から歓待の粘液がびゅるびゅると放たれ、膣道を通って秘裂から溢れだす。

健児は紅唇とその上部の豆粒を丹念にこねまわし、子宮汁をペニスになじませた。

「ひんっ、あんっ、そ、それもいいけどぉ」

「なかに入れてほしいんだろ？　わかってるからちょっと待てって」

「それもあるけど……」

真子の両腕が健児の首に絡みつき、引き寄せる。正常位の体勢で未挿入だと女の顎が上に来るものだが、真子はもともと背が低いのでほぼ正面から見つめ合うことができた。視線と視線が絡みつくだけでなく、唇と舌が逆らいがたい引力で引き寄せ合う。

「れちゅっ、むちゅっ！　ちゅぴっ、あぁ、これしたまま入れて、ちゅぱちゅぱお口でなめなめしながら、ずぼずぼって、くちゅるっ、ちゅぱっ、してぇ！」

粘っこく舌を絡めて、うっとりするような心地よさと気が狂いそうな子宮のうずきを抱えながら、真子は自分から腰をあげて健児の挿入をうながした。

数週間ぶりの挿入である。期待感だけで頭がバチバチッとショートしていた。

「じゃあ、ちゅくっ、ぴちゅぅ……い、くぞ！」

喘ぎと唾液を交わしながら、健児のもっとも敏感な粘膜球が真子の過敏な肉穴に差しこまれた。熱心に絡ませていた口舌も強張《こわば》るほどの愉悦感が襞から襞へと伝播していく。

「はっ！　あぁあああっ！　ぶっといぃ……！」

「うっ、おぉ、これはっ、おぉ、締まる！」

まるで処女の秘処もさながら、思いきり押しかえすような締めつけでありながら、尻穴まで濡れるほどの分泌液であっさり奥までしゃぶりこんだ。健児が突きだしてきたのか自分が尻を持ちあげたのか、それともその両方なのかは、真子にはわからない。

ただただ無我夢中だった。焦げつくほど熱い竿があっさり奥まで入りこみ、勢いを失わずに子宮を押し潰してくれる瞬間にすべての神経を注いでいたのだ。

そして訪れたその瞬間。

「――ッ、ぁ、ぃ、ッ！」

言葉どころか声にならない。真子は舌を健児にしゃぶられたまま目を剝いた。

子宮が串刺しにされたかと思った。子宮に張り巡らされた快感神経が動脈ほども太くなって、狂おしく脈打っているように思えた。

全身の愉悦が、キスの悦びすら、子宮に呑みこまれていく。観覧車で感じたときよりも強烈に細胞という細胞を蕩けさせる。

「いつもより浅いな……子宮おもいっきり降りてきてるだろ。子宮でち×ぽ咥《くわ》えこんでるような気分だろ？」

こく、こく、と首肯する。やっぱり声も出ない。ただ、声の代わりに歓喜を訴えようと、ふたりの間で潰れた乳房が興奮の色に染まる。裏返ったカエルみたいに開きっぱなしの両脚が、もっと子宮を擦りつぶしてほしいというように地面を踏みつけ突っ張って、ぐっぐっと腰を押しあげている。

「お、うねってる。お、お、痙攣《けいれん》してるな、おま×こ。子宮もビクビクしてるし、さっそくイキまくってるな、真子」

「ぁ……へぅ……れあぁ……」

「わかってるって、言わなくてもよーくわかってる。もっともぉっと気持ちよくしてやるよ。雌奴隷としてじゃなく、恋人としてだけどな！」

　セリフの意味を考える余裕すらない。真子の脳髄は子宮もろとも溶けてしまっている。反応を示すことができるのは、突然はじまったピストン摩擦と上から唾液を流しこむようなドロドロのキスに対してだけだ。

「ひちゅっ、んぉおぉっ、ごちゅごちゅ当ひゃるぅぅう！　おひッ、ちゅぱっ、ちゅるるっ、奥ひゅごっ、ひぃぃぃいいいいぃ！」

　まだ夕方にもなっていないのに、人様の家の庭でとんでもない水音がかき鳴らされた。真子の喘ぎに負けない音量でじゅぽじゅぽと。粘着音に合わせて真子の身体は大きく痙攣《けいれん》し、ブーツのカカトが地面に埋まっていく。両腕も無意識のうちに健児の首にきつく巻きつき、首や頭に引っかき傷をつけた。

　その痛みがいっそう健児を駆りたて、腰で殴りつけるように肉棒を抜き差しする。稲妻のような悦感が繰りかえし膣内を震撼《しんかん》させ、入り組んだ構造の肉襞をざわめかせた。真子が息も絶え絶えになっても彼は容赦《ようしゃ》をしない。狂ったように腰を振る。

「どうだ、くちゅっ、ちゅぱっ、ほらどうだ！　気持ちいいだろ！　恋人同士のセックスって気持ちいいだろ！」

「んちゅうぅ、れろっ、んぱっ、あぁっ、こ、こいびと？　こ、こい、びとぉ……！」

　ピンクのもやで霞んだ頭に、言葉の意味がふんわり浮かびあがる。

恋、人。

胸が締めつけられる単語だ。つらくてたまらなくて、いても立ってもいられなくなる。

「やぁぁぁあ！　はずかしい、はずかしいよぉ！」

「はずかしいけど濡れたり締めつけたり感じたりするってことは、本当は嬉しいってことなんだよ！　そろそろ素直になれよ、真子！」

恋人という単語を意識した途端にまき散らされる愛液量も括約筋の窄まりも、下腹を蝕む肉悦も、すべて何倍にもなっている。

「俺、ずっと考えてたんだ！　マゾだの淫乱だの自分でさんざん言ってた真子が、なんでキスや恋人関係や排卵日の中出しはいやがってたかって！」

「あぁぁっ、それはぁ、んはぁぁあっ、あんっ、わかんないぃぃ！」

「本当は一番したかったことだから恥ずかしかったんだ！　いやがってることを無理やりされるのが一番気持ちいいから、なにより求めてたものでいやがってみせたんだ！」

健児の言葉の意味がわかるかと言われたら、正直わからない。

でも、なんとなくそういう気がする。そう思ったら子宮が圧潰しそうなほど収縮しだした。そんな変化のそばから亀頭でめった打ちにされるものだから、否応なしに性感は最高潮を突き抜けて昂っていく。今までしてきたどんなSMプレイも比べものにならない。

「あはぁぁっ、わたし、そうだったんだぁ……！　ちゅっ、ちゅぱぁっ、あんんッ！　健児、ごめんね、素直になれなくて、るちゅっ、あふんっ、ごめんなさぃぃぃ！」

涙ながらに謝っても奇妙な罪悪感がなくならないから、尻をまわしてピストン運動の圧迫と摩擦を倍加し、今までよりいっそう激しく唇を吸うことで、彼への謝罪とした。

（わたし、健児のことが好き……好きだから恥ずかしくて、好きだからいやがってるふりをして、でも、今は、好きって思いながらセックスするのが最高に気持ちいい！）

清々しいまでの快楽に心まで悶える。転がりまわりたいような、恥ずかしくも嬉しくて仕方ないという気持ちに耽溺した。M女としての新たな境地を祝福してか、肉壺の柔襞や可愛らしい菊座がきゅっきゅっと窄《すぼ》まって快感を煽る。尖った乳首も健児のジャケットとこすれて甘い感覚を乳腺伝いで胴体いっぱいに伝播させていた。

このまま彼の体で押し潰されるような体勢で、小さな肢体いっぱいにオルガスムスを愉しもうと思ったとき、ざわりと騒がしい声が聞こえてきた。

家のなかから、大人と子供の談笑する声がもれてくる。誰もいるはずのない鶴城の家からだ。カーテンは引かれているが、うっすらと人影らしきものも見てとれる。

「ひっ、ああぁあ！　け、健児ぃ、鶴城、いるぅ……！」

「今さらとめられるか！　もうすぐ、出るんだ……！　見つかったら鶴城にも見せつけてやるぞ！　真子が俺のザーメンで受精しながらイキ狂うところ！」

「はうぅぅっ、健児のバカぁ、あんぅ！　ダメぇ、ダメダメぇぇええ！」

クラスメイトでも一番熱狂的に自分を慕ってくれた相手が家族と一緒に、窓ガラスとカーテンで仕切った場所にいる。カーテンを開けられたら、それだけで健児が腰を振っているところは見えるだろう。真子は小さくて健児の陰に隠れてしまうかもしれない。

誤魔化せるかもしれない——けど。

真子は地面を踏みつけていたブーツを宙に舞わせ、健児の腰に絡みつけた。

「くんんっ、ちゅるっ、んちゅぱぁっ、はやく出してぇ……！」

「いいのか？　庭で受精してるところ鶴城に見られて、軽蔑されるかもしれないけどかまわないか？」

「いいのぉ！　はあぁ、ぢゅぴっ、鶴城は関係ないもん！　私と健児の関係だから、ちゅっ、ちゅっ、こんなふうにキスするような仲だから、私が健児の精子を着床させて妊娠したいって思ってもおかしくないのぉ！」

なんだろう。これは完全に愛の告白というやつではないか。

心臓が爆発しそうなぐらいドキドキしている。

子宮が破裂しそうなぐらいキュンキュンしている。

いつでもイケるから、一刻も早く射精してほしいとすら思えた。

「わかったぞ、このまま妊娠させてやる！　それで責任とっておまえと結婚して、おまえのすぐそばで一生調教しつづけてやるからな！　おまえは一生、俺の奴隷で恋人で、お嫁さんになるんだ！」

「なるぅぅ！　なるよぉ、私、健児の肉奴隷で恋人で、お嫁さんなるぅぅぅ！」

健児の腰遣いが猛然と激しくなり、ストロークは最大から最小へと、徐々に小刻みになっていく。助走をつけて子宮を殴りつける突きこみから、子宮口とその周辺が擦り切れるほど徹底的に摩擦する前後動へと――

耽溺のあまりに真子の柔腰まで微細な振動に見舞われる。

「あぁあっ、イクぅ、いくぅぅぅ！　キスもぉ、れちゅっ、ちゅぷぷっ、キスしながら中出しぃぃ、受精して着床、妊娠してイクのぉぉぉぉ！」

すでに唇以上に舌のねぶり合いのほうが淫らな音がなりやすいことに気づき、口づけというより舌づけ状態で互いの気分を高め合う。

「よぉし、イクぞぉ……！　妊娠させてやる！」

健児の腰が一周のグラインドでペニスを膣内全体になじませた直後、海綿体の上反りが下反りになりそうなほどの激しい脈動を引き起こす。

この数週間、ずっと求めてきた最高の快楽が訪れようとしている。真子は天井を突き破るような昂揚感とともに、彼の腰をカカトで引き寄せた。ぐぶり、と子宮に亀頭がめりこんだ。子宮も入り口をめいっぱいひろげて丸みを帯びた男性器の先端を咥《くわ》えこむ。

「はうぅ、ちゅるぅぅっ、れちゅちゅっ、ぢゅぱっ、健児ぃ、すきぃぃぃぃぃ！」

たとえ鶴城に聞かれてもかまわない。そんな気持ちで声をあげ、怒濤のごとく注ぎこまれる子種の塊を子宮で受けとめた。

血管が踊り狂って内臓がとろけるような絶頂だった。土の上のふたりが淫らな痙攣に包まれる。四肢の先まで行き渡った法悦感が、神経を甘く淫らに腐らせて猥雑な動きを強《し》いていた。

待望の瞬間を迎えた女の中枢は、むちゅむちゅっと真子にしか聞こえない音をたてて濁液を咀嚼《そしやく》し、卵管を通ってやってきた卵子と混ぜ合わせる。

「ひあぁ、受精してるぅ！　子宮ぐるぐるで、受精して、着床だって絶対するぅぅ！　妊娠きもちぃぃぃ！　健児と恋人セックスして妊娠するの世界一気持ちいぃぃ！」

「受精は奴隷の焼き印代わりだ！　一生俺のものだぞ、雌豚！　真子！」

「うれしぃぃ、うれしいよぉ、ご主人さまあぁ！　健児ぃ！」

べちゃべちゃと犬がメシを食らうように互いの舌を貪り、イキながら腰を擦りつけ合う。深い場所で粘濁が泡立ち、ぱつぱつっと弾けて喜悦の後押しをした。

上下の粘膜を飽くことなく交わらせた末、永遠とも思われた射精もどうにか衰えを見せる。彼も相当溜めていたようで、子宮に収まりきらない白濁が膣内からも溢れだしている。ちょっと健児が腰を引こうとすると、粘りついて両者を離そうとしない。

「まだ、だぁめ……健児、抜かないでもう一回しよ」

「そうだな……どうせ鶴城たちもまだ帰ってこないだろうし」

言い終えてから、健児は失言を誤魔化すように口もとを隠した。

「帰ってって……あそこにいるんじゃないの？」

カーテンのほうを見て、真子はふと気づいた。うっすら見える人影らしきものが微動だにせず、団欒《だんらん》の声もなにやら同じような内容ばかりに聞こえる。

「実はさ、ここらへんのご家庭にはたいてい同い年ぐらいの小学生の子供がいてな、みんな同じ野球チームに加わってるんだ」

「もしかして……今日はみんな試合の応援に出かけてるってこと？」

「うん、ご近所一帯で家族ぐるみの付き合いしてるらしいから。さっきの喘ぎ声が聞こえる範囲にはほとんど人は残ってないと思う」

「家のなかのアレはハリボテと録音した音声？」

うん、と健児は首肯して、なにかのリモコンらしきものを懐から取りだした。おそらくそれで家のなかのものを操作したのだろう。

用意周到な計画性を讃えるべきか、剛胆さが足りないと不満を抱くべきか、ちょっと複雑な気分でもあったが、今はそれよりも鶴城のことが気になった。

「前から不思議だったんだけど、もしかして鶴城の弱みとか握ってるの？　あの仕掛けは鶴城の協力がないとできないわよね？」

「まあちょっとね。アイツが帰ってくるときは連絡するようにも言ってるから、安心して続きもできるぞ」

健児に抱き寄せられ、熱いベーゼを受けると、あとはもう流されることしかできない。

その後、真子は友達の家の庭で正常位二回、騎乗位一回、とどめにいつものＳＭレイプ的な立ちバックで一回、すべて抜かずの中出しでやりとげた。

こうして健児と真子は晴れて恋人関係になったのである。

ウェディング　一生、恋奴隷って、誓っちゃう♥

「私たち結婚します！」

　恋人宣言をすっ飛ばしての婚約宣言にクラスが騒然としたのは、すでに十カ月ほど前のことになる。あのときのことを思いだすと、真子は今でもちょっぴり恥ずかしい気分になってしまう。

　今日は化粧も厚めなので、多少顔が赤くなってもバレることはないだろう。ベールで顔を隠すことだってできるし、状況が状況なので恥ずかしがること自体けっしておかしなことではない。

　それより今は、いかにしてドレスを汚さずに健児をイカせるかだ。

「くっ、うぅ、いいぞ真子」

仁王立ちでうめく健児を上目遣いに見上げ、口紅のついた唇をキュッと窄める。喉まで差しこまれた亀頭を物を呑みこむときの要領で締めつけてやる。化粧の上にぶっかけられたらあとが面倒なので、このまま一滴残らず精子を吸いだすつもりだ。開始時刻は迫っており、父親も間もなくこの控え室にやってくるだろう。

父に手を取られ、もうすぐ皆の前に晴れ姿を見せるのだ。白百合のように可憐なウェディングドレスを身に纏った新婦として。

「しっかしオマエ、結婚式ぐらいガマンしろよ。ザーメン好きにもほどがある」

「ふじゅえ、えっぢゅ、ぢゅぽぅ、んじゅうぅぅ」

「俺が仕込んだせいじゃないだろ。むしろ俺が仕込まれた気分だよ、純真無垢な男の子からドSのヘンタイご主人さまに」

「ぢゅるっ、ちゅっぱ、ぢゅうぅぅぅ」

「ぐっ、いや、おっ、出るぅ……ていうか、うっ、いや、種を仕込んだのは俺だよ！悪いかよ！　あーもうハイハイ！　俺が妊娠させたのが悪いんです！」

すでにフェラ音と視線で意思の疎通ができる程度には仲も深まっている。真子はペニスを咥《くわ》えたまま勝利感に目を細め、片手ではお腹を優しくさすった。ドレスを丸く押しあげて、いつ破水してもおかしくないボテ腹を。

排卵日に中出しを連発すれば、もちろん妊娠する。当然のことだ。おかげで健児は

真子の両親からも自分の両親からも殴る蹴るの暴行を受けた挙げ句、

「責任を取るのは当然だが、いきなり働けとは言わない。学生結婚だ。大学に通いながら子育ても手伝え。そのうえでちゃんと嫁と子供を充分に養えるだけの職につけなかったら、わかっているだろうね、北野君？」

鷲尾家の父は権力も財力もそれなりに有している。脅し方も堂に入ったものだ。肩をつかまれ微笑まれた健児は蛇に睨まれた蛙になっていた。

「父さんはそこそこ応援してるぞ。今度の舞台のネタになるかもしれないし」

北野家の父は久々に息子を殴ってテンションがあがったらしく、「もっぺん殴っていいか？」とつけ加えた。

そんなこんなで大学受験直前の結婚式を控え、妻からの要望でイラマチオをさせられつつ、片手には参考書を持っているという有様だった。

「ああくそっ、絶対無理、これ絶対に受からない！　でも、おぉ、出るぅ！」

真子の喉を撃つ白濁の奔流は相も変わらずすさまじい勢いで、真子の渇きを満たしてくれた。お腹の赤子がいるのでセックスは無理だが、喉ぐらい犯してもらわないと式の景気づけにならない。

「ふう、ごちそうさま……ていうかね、今さら無理とか言わないでよ。無計画に妊娠プレイとかするからでしょ、ばーか」

腹の重みを抱えるようにしながら立ちあがる。腹は膨らんでも背が伸びるわけもないので、相変わらず健児の顔を見上げなければならない。

心なしか出会ったときよりたくましく、強い意志だって感じられた。もはや平凡とは言いがたい彼の顔が、今なら素直に好きと言える。

「無計画じゃないよ。あの時点でみっちり計画つめてたよ」

ちょっと照れくさそうにそっぽを向くところなど、可愛らしいとすら思う。

「計画してたなら、せめて受験のあとに出産がくるよう調整すればよかったのに」

「違う、そっちじゃない。おまえを完璧に俺のものにするための計画、成功しただろ。他はもうどうでもいいやって気分だったから、この状況は念頭になかった」

「さらっと恥ずかしいこと言わないでよ」

真子はくるりとターンして背を向けた。恥ずかしいのは、彼のセリフを聞いてニンマリしてしまう自分の顔だ。こんな間の抜けた笑い方は、ご主人さまにも旦那さまにも見せられたものではない。

だがしかし。振り向いた正面の化粧台から冷めた視線が飛ばされてきた。ただし人間でなく、でっぷり太った四つ足の獣である。

「あれ、こころんも来てたの？」

人間じゃないので、恥ずかしいけどギリギリセーフ。ふとっちょの猫はふてぶてしい態度であくびをしている。

「こーらバット、ヘンなとこ入っちゃダメだよ」

頭をさげて控え室に入ってきたのは、ワンピースで可愛らしく着飾った鈴だった。彼女の声にこころんは、飼い主をならって渋々と頭をさげる。

バットという名の天野家の飼い猫は、真子たちにとっては「こころん」の名でなじみ深いデブ猫のことだった。やたらと家から逃げだしていたのは、学校に忍びこんで真子の膝で眠るためだったらしい。

健児は以前、こころん＝《イコール》バットは悪質な家庭教師の手から飼い主を救うため、だれかに助けを求めていたのではないかと推理したことがある。だから一対一の勝負を制した健児に懐いたのではないかと。この猫がいなければ、健児は鶴城の弱みを握ることもできなかったのだ。

鈴は贅肉の塊みたいな猫を胸に抱き、真子のドレス姿をまじまじと眺めた。

「マコねーちゃんキレイだなぁ」

「ありがと、鈴ちゃん。健児なんかにはもったいないでしょ？」

「うーん、ケンにぃには悪いけど、ちょっと不釣り合いかな」

「ひでぇ、俺だって最近偏差値あがってきた優等生なのに」

健児の愚痴も聞かずに鈴は真子に歩み寄り、膨らんだお腹に耳を当てた。呼ぶ声が聞こえたのか、きゃっきゃとはしゃいで飛び跳ねる。

「えへへ、可愛い子だといいね」

「鈴ちゃんみたいな女の子なら大歓迎かな」

「俺としては一人目は男の子がいいけど、女の子らしいんだよなぁ」

「悔しいからってお腹の赤ちゃんに無理させるなよ、ケンにぃ。SMもほどほどにな」

さらっと吐きだされたセリフに健児も真子も言葉を失った。

「前にバット捜してケンにぃの家の庭にあがったらさ、ヘンな声が聞こえてきたんだよねー。大人の世界って怖いね、バット」

にゃおにゃおと鳴くバットとともに、鈴は控え室から立ち去っていった。

「……なあ、真子。今時の小学生ってあんなもんかな？」

「鶴城のせいかもね」

かつては教え子に手を出したり、クラスメイトを偶像化して独占しようとしていた鶴城も、最近はすっかりおとなしくなって元の目立たない存在に戻っていた。同じ地味仲間としてよっちゃんとの関係は以前より親密になっているように見受けられる。

真子の見間違えでなければ、ふたりが人気《ひとけ》のない公園に入って、薄暗い木陰で顔と顔を重ねていることもあった。

（よっちゃんが健児との仲を後押ししてくれたのって、私と話がしたいからというより、もしかして鶴城のことが……）

時計を確認して、邪推を切りあげることにした。彼女たちも会場で待ってくれているのだ。気分はサッパリと切り換えなければ。

これから花嫁姿や誓いのキスまでみんなに見られてしまうのかと思うと、恥ずかしいやら嬉しいやらでむず痒い気持ちになってしまう。

いてても立ってもいられなくなり、真子は健児に呼びかけた。

「ご主人さま！」

「なに、雌豚」

白薔薇《しろばら》のようにひろがったスカートを翻《ひるがえ》し、はにかみ笑いを満面に浮かべながら、抑えきれない想いを言葉にする。

「出産が終わったら、生涯モノのすっごいハードな調教してくださいね！」

ツンマゾ！

ツンなお嬢様《じょうさま》は、実《じつ》はM《えむ》

著者／葉原　鉄（はばら・てつ）
挿絵／あきら
発行所／株式会社フランス書院
〒102-0072　東京都千代田区飯田橋 3- 3 -1
電話（営業）03-5226-5744
（編集）03-5226-5741
URL http://www.bishojobunko.jp

印刷／誠宏印刷
製本／宮田製本

ISBN978-4-8296-5881-9 C0193

覚悟はよろしくて♥
葉原 鉄
龍牙 翔
illustration
お嬢様ファイティング!!!
不動院サーシャは
学園最強の格闘お嬢!
だけど、マゾでえっちなアナタのペット♥